横溝《ヨコミゾ》碧《アオ》の倫理なき遊戯の壊し方

枢木縁
イラスト
こゆびた べる

「改めまして皆様はじめまして。
私はこのゲームの司会の姫野《ひめの》心音《ここね》と言います。

さて早速ですが、
これから皆さんにはデスゲームをしてもらいます。
要するに殺し合いですね」
デスゲーム【マーダーノットミステリー】
開始のお知らせ。

ホイップバター増し増しの
ストロベリー＆ブルーベリー＆っ
チョコバナナ＆オレン
フルー

!
Menu
ツイッター映え。

「――碧《あお》、
ありがとうございました」

「……泣くぐらいなら
止めろよ、こんなクソゲー」

姫《ひめ》野《の》心《ここ》音《ね》

デスゲーム司会の少女。拳銃を取り上げると弱気になる。

Like
甘いもの。

Dislike
強い言葉を使う人間。
学校と陽キャ。

横《よこ》溝《みぞ》碧《あお》

引きこもりの天才名探偵の少年。SNSで活動する名探偵クラスタのインフルエンサー。

Like
事件の解決。
ツイッターでバズること。
ファストフード。

Dislike
他人の気持ちを考える事。
学校と陽キャ。

横溝碧の倫理なき遊戯の壊し方

枢木 縁

MF文庫J

contents

口絵・本文イラスト●こゆびたべる

プロローグ

――学校に行きたくない。

イジメられていた私にとって、学校は苦痛でしかない。

聞こえるように悪口を言われても。殴られても。物を隠されても。私は泣くだけだった。

家にも居場所はなく、毎日死ぬことばかり考えていた。

ある日、私と同じようにイジメられていた子が死んでしまい、私は思う。

学校と殺し合いって、何が違うのか？

一方的に弱者が嬲《なぶ》られて、身体的または精神的に殺されるという意味では、全く同じではないか。

……ふと私、姫野心音《ひめのここね》はそんな昔の記憶を思い出していた。

離陸し上昇をはじめた旅客機にて、窓の景色に学校の校舎を見つけてしまったからだろう。もう一年以上前の話だが、学校には嫌な記憶しかない。

そんな記憶を頭から消し去るように、私は頭《かぶり》を振った。

上昇を終えた旅客機の機内。私は最前列に座っているため後ろは見えないが、機内は気楽な雰囲気であった。大人三十人程の乗客の愉《たの》しそうな談笑が聞こえる。

乗客は全員、世界的な大企業、源氏《げんじ》ホールディングスが主催する脱出ゲームの参加者達《たち》であった。

行き先の開催場所は外国とだけ知らせている。誰もが知る大企業の脱出ゲームなだけあり、乗客の誰もが豪華絢爛《ごうかけんらん》な海外旅行の気分でいるようだ。

旅客機が定常飛行となり、定刻が訪れた。機内アナウンスが流れる。

『――皆様こんにちは。この度は源氏ホールディングス主催、賞金総額百億円のリアル脱出ゲームの参加へのご当選おめでとうございます。早速ではございますが、これより当ゲーム司会、姫野よりゲームの説明を致します。皆様、着席してお待ち下さい」

名前を呼ばれて私は席を立つ。機内中央の通路に立ち背後を振り向いた。

各座席に設置されたディスプレイに私の姿が映る。

軍服を連想させるデザインの白いスーツに長い髪、頭には兎耳《うさみみ》に似た装飾品。私は年齢よりも幼く見られる事が多いが、スーツを着ているためそこそこ箔《はく》がついていると思う。

――っていうか、そう思いたい。

――じゃ、始めよっか。

私はゲームの説明を始める。

「今日は皆さんに、ちょっと殺し合いをしてもらいます」

行き先が外国というのは、嘘《うそ》ではない。

……まぁ黄泉《よみ》の国だが。

私は拳銃を抜き、近くの空席に向けて引き金を引いた。

黄金のワルサーPPKから銃火が生じる。

機内に銃声が轟《とどろ》き、薬莢《やっきょう》の乾いた音が床を叩《たた》く。

乗客の誰もが凍り付き、私に視線を向けた。

後方の乗客が逃げ出す素振りを見せたものの、旅客機の後ろでは私と同じデスゲーム運営の黒服が立って拳銃で牽制《けんせい》している。

乗客達《たち》に逃げ場はない。

もう説明不要だと思うが、これはデスゲームだ。

そして私はデスゲーム司会という立場である。

乗客達が静かになり、私は説明を続けようとする。

するとその時だ。乗客の一人が怒鳴る。

「いい加減にしろ！　何が殺し合いだ！　昔の映画の真似《まね》でもしているのか!?」

それは四十代後半、眼鏡を掛けた中年男性だった。

拳銃を持つ私に反抗するところを見るに、これはゲームの演出で拳銃も玩具《おもちゃ》だと考えているのかもしれない。

　私は雑に応じる。

「昔の映画？　私は知りませんが。とにかく今は私が説明していますので黙って着席して下さい。これは警告です」

「もういい！　子どもでは話にならない！　大人の社員を出せ！　俺はこんな舐《な》めたイベントの参加は取りやめる！」

「はぁ。舐めてるのは一体どっちです？」

　躊躇《ためら》いなく私は拳銃の引き金を引いた。

　轟く銃声。次の瞬間、中年男性の掛けていた眼鏡が床に落ちる。

　射撃は狙い通り、顔を掠《かす》める形で眼鏡のフレームだけを破壊していた。

　私は沈んだ声を出す。

「次は当てます。ご了承くださいね」

　中年男性が震える。

「……ほ、本物の銃なのか…？　これは源氏《げんじ》ホールディングスのイベントだろ……？　世界的に有名な企業が、こんなテロリストみたいな事をして許されると思っているのかッ!?」

「あー逆ですよ逆。世界的に有名な企業で絶対的に経済を支配しているからこそ、こういう事ができちゃうんです。誰も逆らえないし取り締まれないんですね」

「……馬鹿な……こんな理不尽があっていい訳がない！」

「この世界はとても酷《ひど》く醜く理不尽なんですよ。知らなかったんですか？　私よりも長く生きている大人の癖に」

私がそう皮肉を言うと、中年男性は押し黙る。

私は改めて、乗客全員に拳銃を掲げて見せて威圧する。

「みなさんに改めて警告しますね。騒がず静かにして下さい。今みなさんの生死の与奪を握っているのはこの私です。私を怒らせないで下さいね。でないと、殺すぞ」

……。

そう凄《すご》んでみたが、本音では私も人は殺したくない。

私だって嫌だよ。人を撃つなんて。

仕事で仕方なくやっている。やりたくはないけど、やらなくてはならない。

学校の勉強と一緒だよ。わかるでしょ？　私もメンタルがつらい。めっちゃ病む。

ただこの仕事、デスゲーム司会はプレイヤー達《たち》に舐《な》められたら終わりだ。プレイヤーに対して、絶対的なパワーバランスを誇示しなければならない。

私がそんな事を考えている時だ。

先ほどの中年男性が突然「ふざけるなあああああッ！」と怒号をあげた。

私は対応に迷うが、旅客機の後方にいる黒服の判断は早かった。

叫ぶ中年男性に歩み寄り躊躇《ためら》いなく発砲。こめかみに風穴が空き中年男性は静かになる。

……だから静かにしろって言ったのに。

私はそう思うが、まぁどうせこれからのデスゲームで乗客達は殆《ほとん》ど死ぬ。なので考えても仕方がなかった。

黒服に説明の続きを促され、私は暗澹《あんたん》とした気持ちで説明を再開する。

……私は思う。結局、幸せとは他人の不幸の上に成り立つものだ。

だから自分が幸せになるには、他人を不幸に陥れるしかない。

私が一年前まで通っていた学校だってそうだ。

クラスでイジメられる側にとっては地獄だが、虐《いじ》める側はさぞ愉《たの》しい学校生活を過ごせる事だろう。

私はもう戻りたくない。ずっと泣いていた、あの頃に。

あんな地獄に戻るぐらいなら、死んだ方がマシだ。

かくして。

私は幾度目かのデスゲーム開幕を告げる。

幸福（HAPPNESS）［名詞］

他人の不幸を眺めることから生ずる気持ちのよい感覚。

A・ビアス『悪魔の辞典』より引用
選訳者　西川《にしかわ》正身《まさみ》
（1964　岩波書店）

1章『横溝碧の日常』

スマホが鳴り、俺は目を醒《さ》ます。

電話らしい。寝ぼけた頭でそのまま電話に出た。

そして後悔する。

『──ちょっと碧《あお》！　アンタまた高校に行ってないんだって!?　学校から連絡が来たんだけど!?』

電話は親戚の叔母さんだった。

俺の両親は仕事で家に全くいない。なので両親が叔母に、俺達《たち》の面倒を見るよう頼んでいる様子だった。何かあるとすぐに叔母から説教が飛んでくる。

……天才的な名探偵の俺に学校に行けだって？

うっせえわ。

胸中でそう思いつつ俺、横溝《よこみぞ》碧は応じる。

「叔母さん、ごめん。俺はツイッターで忙しくて学校どころじゃないんだ……」

『おいコラ！　名探偵の曾孫《ひまご》だからって調子乗ってんじゃねえぞ！　あと私の事は叔母さんじゃなくて、お姉さんって呼べって毎回言ってんだろ！』

だんだんと話すのが面倒になる。

俺は何も言わず断腸の思いで電話を切った。

サンキューフォーエバー叔母さん。

解《わか》り合えるその日が来るまで、着信拒否に設定しておく。

叔母はやけに学校に拘《こだわ》るが、俺は思う。

学校なんてクソゲーだ。タイパもコスパも悪すぎる。

勉強して良《い》い大学を目指すなら家や塾で勉強すれば良い。なんであんな教室、もとい狭い檻《おり》の中でクラスメイトとお友達作りの馴《な》れ合いをしなければならないのか。

学校なんて陽キャ牧場だ。コミュ力のない俺には怖すぎる。

あと俺が昭和に名を馳《は》せた名探偵、横溝三郎《よこみぞさぶろう》の曾孫《ひまご》なことに間違いはない。ただ他人にそれを言われるのは嫌いだ。

大体、曾祖父《そうそふ》、横溝三郎は俺が生まれる前に死んでいる。知らねーよ、そんな会ったこともない曾祖父なんて。

……くそ。愉快な叔母さんのせいで目が冴《さ》えてしまった。

部屋の時計は二十三時を指している。

ベッドから這《は》い出て、俺は机のパソコンの電源を入れる。

パソコンを立ち上げると同時に、俺はツイッターとディスコードを起動。

オンラインになると同時に、ボイスチャットが飛んでくる。

『――碧《あお》、おはよう。元気？』

パソコンのスピーカーから、親の声よりも馴染《なじ》みのある少女の声が飛んできた。親の声よりもというのは誇張ではなく、最近はほぼ毎日この少女と通話している。

アカウント名は『セブン』。

俺は不登校でひきこもり、口が悪いため現実には友達がいない。唯一、気軽に話せる友人はツイッターで知り合ったこのセブンだけだ。

俺はパソコンのマイクで応じる。

「あぁ、おはよう……」

『なんか声色が不機嫌そうだね。何かあった？』

「寝てたら叔母に起こされて、学校に行けって怒られたんだよ」

『それは碧が悪いやつじゃん。学校は行った方がいいよ』

「あ？　なんで学校なんて行くんだよ。そんな暇があるなら、ツイッターでツイートをバズらせる努力をした方が生産的だ」

『生産的とかそういう問題ではなく、学校に行って勉強に勤《いそ》しむのが模範的で正しいとされる高校生なんだよ。ご存知《ぞんじ》だったかな、名探偵くん？』

「お前だって学校に行ってない癖して偉そうに……」

『僕は病気で行けないんだ。碧《あお》と違って行かないのではなく、行けないんだよ。一緒にしないでほしいね』

「本当うぜえな」

『人間というのは概《おおむ》ねウザい生き物なんだ。なので僕がウザいのも人間の仕様だから諦めてよ。……それにしても相も変わらず碧は口が悪いね。いいかい碧。僕以外の人にはあまり威圧的な言葉は使わないこと。万が一言い過ぎたと思ったら、後でちゃんと謝ること。解《わか》ったかい？』

優しい口調でそう言って、セブンは笑う。

セブンとはオフ会で一度会った事があるぐらいで、それ以外の素性は何も知らない。まぁ特に知ろうとも思わなかった。俺がセブンを絶対的に信頼していることに変わりはない。

俺は口が悪くコミュ力がない。学校に行けばクラスメイトや教師と揉《も》めてばかりで、気づけば不登校のひきこもりとなっていた。

……まぁそもそも、コミュ力なんて俺にはいらねーし。

将来はSNSで喰《く》っていく。俺はそのつもりだ。

俺やセブンはSNSの名探偵クラスタで活動しており、特に俺はフォロワー十万を超えるインフルエンサーだった。

名探偵クラスタとはSNS上の現代の安楽椅子探偵で、社会で話題の事件や事故を推理して解決していくアカウント達《たち》の事だ。

見事、推理が的中すればツイートがバズり、インプレッション数が稼げ俺の収益となる。

今は小額しか稼げていないが、今後も頑張って稼ぎを増やしていきたい。

先日も世間で話題となった連続猟奇殺人事件『カッター男』という事件を俺は解決。ツイートはバズってフォロワーが増えていた。

現代ではSNSのフォロワー数が正義だ！　人間の存在価値だ！

俺はそう信じている。


俺がツイッターを確認すると、タイムラインでは名探偵クラスタの面々が新しい事件の話題で盛り上がっていた。

今の今まで寝ていた俺は何も知らない。

俺はセブンに訊《き》く。

「何かあったのか？　三秒で説明してくれ」

『山奥のキャンプ場で幼児が二日前から行方不明になっていて、誘拐だの神隠しだの盛り上がってるよ』

セブンの説明は三秒ぴったりだった。

大体を把握する。

動画ニュースを見ると事件の現場だろう、千葉県にある山林のキャンプ場でリポーターが事件概要の説明をしていた。

行方不明になっているのは五歳の幼児だ。事件現場は千葉の何もない山奥。

二日前、両親と共にこのキャンプ場に来て、夕方に両親が目を離した三分程度の間に行方不明となったらしい。

幼児が一人で遠くに行ける訳もなく、両親が必死に探すも発見できず警察に通報。翌朝になって警察が大規模な捜索を行うがやはり見つからず、現在に至る。

手掛かりは付近の山林に、枝に引っかかって破れたと思われる幼児の衣類の一部が見つかった事ぐらい。

付近の山岳救助隊の応援もあり、赤外線カメラのついたドローンで捜索するが、付近の山林に幼児らしき熱源は確認できず。……というのが、おおまかな事件の概要だ。

今日になって大手テレビ局のニュース番組が大々的に取り上げ、それを名探偵クラスタが推理の議題として挙げたようだ。

ツイッターの名探偵クラスタ各位が推理をツイートしているが、やはり第三者による誘拐、身内の犯行を疑う声が多い。

動画ニュースでは地元住人の老人がインタビューで、『この山は昔から子どもが神隠しにあっていて、ワシが生まれた戦後からそういう話はあった……』などと話している。

そんな馬鹿な。神隠しなんて非科学的である。幼児の失踪には何かしら現実的な原因があるはずだ。

ふと、俺に閃《ひらめ》きが降りてくる。

「子どもの神隠しは戦後から起きてる、か……」

インタビューでの『戦後』という単語に引っかかった俺は、ネットの国土地理院のデータベースから約八十年前の航空写真を引っ張ってくる。

約八十年前の事件現場は、今と同じく何もない山奥……と思いきや山林に紛れるように施設があった。

現代にはない鉄塔のようなものも確認できる。当時の軍事的な建物か何かだろうか。

画像編集ソフトで約八十年前の航空写真と現代の地図を重ねると、その施設は事件現場のすぐ近くに在った事が判明する。

もしかしたら。事件現場の山林には、約八十年前の施設の貯水池が地下に残っており、幼児はそこに転落したのではないか。

まだ生きていると仮定して、これなら赤外線カメラで熱源が確認できないことにも説明がつく。

……何となく。これが真相な気がする。

俺の直感がそう告げている。

そして天才的な名探偵である俺の直感は、大体正解だ。

名探偵として必要な才能は色々あるが、この『直感』というのは、とても大事であった。

早速、俺は今の推理をツイッターでツイートする。

後は事件の解決を待ち、答え合わせをするだけだが……仮に幼児がまだ生存していた場合。失踪からもう二日経過しており、早く救出しなければ命が危ない。

俺は自宅である探偵事務所から、事件現場までの距離をネットで調べる。

原付バイクで行けない距離ではない。

原付の免許は以前、探偵業を営んでいる親を手伝っていた時に取らされており、原付バイクも持っている。

……ちっ、仕方ねえな。

内心で舌打ちしながら、俺はスマホを手にする。

スマホでディスコードを起動、ワイヤレスのインカムを耳につける。

スマホ経由のボイスチャットで、俺はセブンに言う。

「これから現場のキャンプ場に行ってくる」

『あれあれ。どうしたの急に？』

「子どもがまだ生きていたとして。早く見つけてやらないと、死んじゃうかもしれないだろ」

『やめとけば？　碧《あお》の推理だからどうせ正解なんだろうけど。ここで碧が出ていって簡単に幼児の場所を言い当てたら、逆に犯人と疑われる可能性がある』

「……そうなんだが。お前も知っての通り、助けられる命は救うのが俺の信念なんだよ。まぁ警察に捕まりそうになったら、警察官を倒して逃げてくるよ」

『碧は優しいねえ』

「うるせーし。放っとけ」

俺は寝間着の上にモッズコートを羽織った。

そして原付バイクの鍵を取り出す。


俺には一つ譲れない信念があった。

それはできる限り、死人を出さないことだ。

勿論《もちろん》、全ての事件事故で死人を出さないなんて不可能だ。そんな事は解《わか》っている。

でも俺は二度と、後悔はしたくない。

なので自分の手の届く範囲で、全ての人間を助けると決めていた。

結論から言うと、俺のその推理は大当たりだった。

さすが俺としか言いようが無い。

二時間かけて事件現場に行き、深夜にもかかわらず捜索を続けていた幼児の家族に接触。俺はコミュ力がなく会話に自信がないため、スマホを渡してセブンに話してもらった。そして翌朝、警察が約八十年前に例の施設があった場所を重点的に捜索したところ、地面に昔の貯水池の痕跡を発見。そこから無事、幼児は発見された。

衰弱していたものの命に別状はなかったようだ。

事件解決後、警察に呼び止められたものの俺は探偵七つ道具の一つである煙幕弾を投擲《とうてき》して逃走。帰路についた。

その途中、俺がスマホでツイッターを確認すると、大手ニュース番組が速報で幼児発見を流したのだろう。推理が的中した俺のツイートはバズっていた。

通知が止まらない。

インカムでセブンが楽しそうに告げる。

『碧《あお》、めっちゃ有名人じゃん！』

「俺は天才名探偵だしな。これぐらい余裕だぜ」

自慢げに俺がそう言い返した直後だ。

ディスコードでセブン以外から通知が入る。

同居している俺の妹、横溝杏《よこみぞあんず》からのＤＭだった。

――家に叔母きた。クッソ怒ってる、助けて。

俺は頭を抱える。

やっぱ着信拒否は不味《まず》かったか～～～～～～～～～～。

家に帰ると、リビングで妹が死んでいた。

勿論《もちろん》、それは比喩である。

ショートヘアの髪に猫耳のようなヘッドフォン。薄いキャミソールにホットパンツという衣服から不健康そうな真っ白い肢体を出しリビングに倒れているのは俺の妹の横溝杏だ。

近寄ると、杏は俺に恨めしげな視線を送ってくる。

「兄さ。叔母さんが帰る時間を見計らって帰って来たでしょ……」

さすがは我が妹。大した名推理だ。正解。

叔母は普通の社会人で、今日は平日だ。朝に来たということは仕事の前に寄ったと予想でき、俺はわざと時間を調整して昼前に帰宅していた。

今頃叔母は、会社で仕事をしているだろう。

この自宅兼、両親の営む探偵事務所には俺と杏《あんず》しかおらず、俺が不在のため被害は杏に直撃したらしい。

杏の問いには答えず、俺は訊《き》く。

「叔母さん、なんか言ってたか？　元気してた？」

「兄を探してた。またなにか怒らせたでしょ。ちゃんと謝っておいてよ。でないとまた来るじゃん」

「あ？　なんで俺が謝らないといけないんだよ」

「兄が叔母さん怒らせる度に、理不尽にも私まで巻き添えになる」

「杏は何を言われたんだ？」

「ゲームとかパソコンで遊んでばかりいないで学校に行けって五月蠅《うるさ》いから。だから私も、叔母さんこそ仕事ばっかりしないで結婚したら？　って言ったら、もっと怒った」

「……それさ、叔母さん怒らせたの俺だけじゃなくね？」

火に油を注ぐストロングな杏の姿勢は嫌いじゃない。

俺の妹の横溝《よこみぞ》杏は双子で、姉の方だ。年齢は十二歳の女子小学生だが俺と同じで不登校のひきこもりだ。

杏は俺と同じように、情報やネットワークの分野では天才だった。特にクラッキングによる情報収集とシステム改竄《かいざん》は特出しており、有名な国際ハッカー集団との情報戦に一人で打ち勝った実績があった。

そんなニッチな界隈《かいわい》では伝説的な杏だが、現実では俺と同じレベルの駄目人間だ。

趣味は企業のシステムを乗っ取り社会に迷惑をかけること、ＳＮＳでキラキラしたインフルエンサーを炎上させること、後は格闘ゲームなどのネット対戦で世界ランキングのランカーに舐《な》めプで勝つこと。

兄の俺が言うのも何だが、本当に残念な妹だ。おまけに性格も悪い。

リビングで転がっていた杏が上体を起こす。

「叔母さん、なんであんな怒るんだろう。怒鳴れば、私達《たち》が言う事を聞くと思っているのかな。キレやすい大人は本当に困る……」

「俺にもわからん。叔母さんに直接聞いたらどうだ？」

「直接聞いたら、また怒りそうな気がする……」

確かにそれはそう。

俺は朝飯をとっておらず、非常に腹が減っていた。

何か食べようと思いキッチンの冷蔵庫を開けるが、中には空気しか入っていなかった。

要するに何もない。

俺が辛《つら》い気持ちになっていると、背後から杏《あんず》が声を飛ばす。

「ねえ兄、私スパコンほしい。買っていい？」

「なにスパコンって」

「スパコンはスパコンだよ。スーパーコンピューターのこと」

「言われなくてもそんな事は知ってるよ……。買って何に使うんだって話。そもそもスパコンって、いくらするんだ？」

「一億円、二億円ぐらいかな？　スパコン買って、アメリカのＣＩＡをハッキングして遊ぶんだ」

「社会に迷惑をかける遊びにスパコンを導入するのはやめろ。ダメに決まってるだろ……そもそもそんなの個人で買える値段じゃないだろうが。寝言は寝て言え」

「私は寝て言ってるよ……？」

と言って勝ち誇ったような笑みを浮かべ、リビングでゴロゴロ寝転がる杏。

うぜえ……と俺が思っていると杏が続ける。

「ちなみに。スパコン、実はもう買っちゃった、って言ったら兄は怒る？」

「いやいや、さすがに嘘《うそ》だろ。ウチには一億とか二億みたいな金はないぞ」

俺がそう応じた時だ。杏の腹の音が部屋に響く。

「私お腹《なか》減った。兄、飯なにか頼む」

「……お前な。飯って言えば出てくると思ったら大間違いだぞ。俺はお前の嫁じゃないんだ。自分の飯ぐらい自分で何とかしろ」

「じゃあ兄が私の嫁になれば解決なのでは……？」

「なんでだよ！　大体、俺はお前みたいな社会性オールゼロの駄目人間と結婚するなんて絶対に嫌だぞ」

「私だって嫌だよ。兄みたいな性格粗大ゴミと結婚するなんて」

やめよう。社会性のない兄妹《きょうだい》同士でこんな罵り合いをしても不毛だ。

いずれにしても何か食わなくては倒れてしまう。面倒だが、また外に出て買ってくるしかない。

財布の中をみると金もなかった。

親から生活費として銀行の通帳とキャッシュカードを預かっている。通帳を見ると預金残高はまだ五千万円あった。

親の探偵事務所の仕事はそこそこ繁盛しているらしく、俺も杏もお金に困らない不登校ひきこもり生活を満喫している。

通帳とカードをポケットにねじ込み、俺は言う。

「俺は自分の飯を買ってくるぞ。お前も自分の飯ぐらい自分で買ってこい」

「外に出るぐらいなら、私はこのまま餓死を選択する……」

それきり動かない杏《あんず》。

アホかこいつ。杏は放っておくと、すぐ栄養失調で倒れる。救急車を呼んだのも一度や二度ではない。

あー本当に面倒くさい。

俺が杏の分も買ってくるしかないのだろう。

再び外出した俺はコンビニのATMに行き、とりあえず一万円を引き出そうとする。

……が、下ろせない。

ATMの画面には軽快なメロディと共に『残高不足』の文字が表示されていた。

は？　なんで？

訳がわからず、とりあえず俺は通帳を記帳する。

通帳残高は十二円になっていた。

……は？　どうして五千万円から十二円に？？？

預金の取引履歴をみると明らかに動きがおかしい。

殆《ほとん》どの金額が送金されており、しかも今月は電気代だけで三百万円が引き落とされていた。

俺には心当たりが全くない。

となれば、もう犯人は一人しかいない。

杏を問い詰めるべく、俺は物凄《ものすご》い勢いで帰宅する。

リビングに杏の姿はない。

杏の部屋に向かう。扉には鍵がかかっていた。

俺は探偵スキルであるピッキングで鍵を外し、強引に中に入る。

部屋の中に杏はいない。そんな馬鹿な何かのトリックだ。杏はひきこもりガチ勢で、外へ出るはずがない。

部屋を徹底的に捜索。と、クローゼットの中に地下へと続く通路を発見した。

……は？　なにこれ。

妹の部屋とは言え、こんな通路があるのは初めて知った。

梯子《はしご》を使って地下に降りる。再び鍵の掛かった扉が現れた。

ピッキングするのも面倒で、俺は金槌《かなづち》を手に取る。探偵スキル、金槌アタックでドアノブを破壊。扉を開けて中に入る。

その地下室には機械の駆動音が響いていた。空調設備が導入されているらしく、冷たい風が流れている。

部屋の中央には金属質の四角いパソコンのようなものが積まれて並び、多数のランプが点滅している。

これはパソコンではない。

恐らくはサーバーか、スーパーコンピューターだ。

……は？　なにこれ？？？

と、ここでようやく部屋の奥にある机に、杏《あんず》の姿を見つけた。

杏もこちらに気づき振り向く。

俺は問う。

「なにこれ？」

すると杏は今まで見たこともないような天使の笑顔で、

「スパコン、この前安かったから買っちちった」

と言った。

「この、バァ――――――――――――――カッ！！！」

俺は絶叫した。

現代では、経済格差が社会問題となっている。

SNSでは毎日のように格差社会への怨嗟《えんさ》がバズっていた。

所持金が十二円となった今、俺もその気持ちが解《わか》る。

社会が憎い。

いや、どうすんだこれ。十二円でどう暮らしていけと？

俺は頭を抱える。

現状SNSの収入はたかが知れており、とても生活できる金額ではない。

考えろ俺。俺は数々の難事件を解決してきた名探偵だぞ。なにか打開策は絶対にあるはずだ。

ねえよ。十二円で生活する方法なんて。

後はもう銀行強盗や詐欺などの犯罪に走るしかない。

まぁ現実的な話、親か叔母に事情を話して泣きつくしかないが……ほぼ確実に怒られるし、謝りたくないのでそれは避けたい。

放心状態でツイッターを眺める。探偵クラスタの一人が、企業主催の難易度が高くて有名な脱出ゲームに参加して無事クリアしたらしく、そのツイートがバズっていた。

いいなこれ。俺も今度、参加してみようかな？　ただ外に出るのは面倒だな……。

俺が上の空でそんな事を考えていると、ボイスチャットでセブンが言う。

『どうしたの碧《あお》。何かあった？』

俺はクソオブクソみたいな妹に生活費を使い込まれて金に困っていることを話す。

するとセブンは軽い調子で応じる。

『ならコンビニでバイトとかして働けば？』

「それができれば苦労はしないんだよ。俺がコンビニでバイトできる人間に思うか？　三秒で喧嘩《けんか》になる自信がある」

『なら今探偵クラスタで話題になってる、脱出ゲームで稼ぐとか。賞金付きのゲームとかもあるでしょ』

なるほど。それは確かにアリだ。素晴らしい案だと思う。

ツイッターでバズりを狙える上に、金も稼げて一石二鳥である。

ちなみに俺は知的なゲームでは他人に負けた事がなく、無双できる自信があった。

セブンがＤＭで、とあるゲームの募集要項を送ってくる。

世界的に有名な大手企業、源氏《げんじ》ホールディングス主催の脱出ゲームだった。名前は『マーダーノットミステリー』。

ルールなど詳細は非公開、賞金総額は百億円。参加者は応募者から選考で決めるらしい。

主催の源氏ホールディングスは俺も知っている程で、確か軍事産業や医療技術などの分野では世界的大手だ。賞金総額も申し分なく、名探偵の俺が参加するにはうってつけだ。

セブンが言う。

『――このゲーム、参加に選考があるんだけど。僕にコネがあるからねじ込めるよ。ちょうど明日から始まるんだけど、どうする？　参加するなら手を回すけど……』

俺は即答する。

「やる。めっちゃやる」

『……本当に？　後悔しない？』

「だからやるって」

『……本当に本当に本当に？』

「なんでそんな念を押すんだよ」

そう問うとセブンは、別に……と珍しく言葉を濁した。

翌朝。件《くだん》のゲームの参加者は空港に集合らしく、俺は久々に高校の制服を着て外に出ていた。

どうして制服なのかは聞かないでくれ。コートを除くと外に着ていく服がこれしかないんだ……。

セブンに指示され、俺は空港に向かう。

インカムの向こうでセブンが話す。

『――碧《あお》、ちゃんと準備した？　このゲーム、賞金の金額が金額だから傭兵《ようへい》とか殺人鬼とかドローン兵器も参加してくるからね』

それは昨晩も聞いており、準備は万全だった。

探偵七つ道具も持ってきている。昔の探偵はカメラやペンと手帳、レコーダーなどを七つ道具としていたらしいが、現代ではスマホ一つで十分だ。

なので俺が七つ道具としているのは金槌《かなづち》、双眼鏡、発煙弾、閃光手榴弾《せんこうしゅりゅうだん》、手錠、スタンガンを違法改造して電流の威力を上げたスタンロッドなど。まぁ殺人鬼ぐらいなら戦えるだろう。

……いや。よくよく考えると、傭兵が参加してくるのはまだ解《わか》るが、殺人鬼が参加してくるのはおかしくないか？　あとドローン兵器って一体なんだよ。

まぁいい。名探偵の俺なら何の問題もない。

全部返り討ちにしてやるぜ。どんとこい殺人鬼ドローン兵器。

セブンは続ける。

『あと申込みで使う、碧の個人情報は架空の偽名にしておいたから。送るからゲームが始まる前に読んでおいてほしい』

「本名じゃ不味《まず》いのか？」

『どうせ碧のことだから、絶対に誰かの恨みを買うと思うからね。後で面倒になっても困るから偽名の方がいいと思って』

俺は納得する。その通りで俺は、他人と関わると確実に喧嘩《けんか》になる。まぁ言う通りにして間違いはないだろう。俺はセブンを全面的に信頼している。

そしてＤＭで架空の俺の個人情報が送られてきて、目を通す。

氏名、ジェノサイド江戸川《えどがわ》

……なんだよこの名前。

殺人鬼なのか名探偵なのか、はっきりしろ。

セブンにクレームを入れるが、もう変更はできないらしい。

どうやら俺はしばらく自己紹介で「俺の名前はジェノサイド江戸川。探偵さ」と言わなければならないらしい。

とても辛《つら》い気持ちになる。

そして空港に到着。

セブンに言われた通り、俺は空港のラウンジに入る。

誰もいないラウンジでソファに座りながらセルフサービスのトマトジュースを飲んでいると、セブンがボイスチャットで言う。

『――ねえ碧《あお》。ちょっと話がしたいんだけどいい？』

いつになく、セブンは重い声色だった。

俺は怪訝《けげん》に思う。

「あ？　どうしたんだ急に」

『碧はさ。天才の名探偵なんだよね？』

「当たり前だろ。ついでにインフルエンサーだぞ」

『碧は探偵として、死人は出さないって言ってるけどさ。それって犯人の方はどうなの？　犯人も死なせないの？』

「勿論《もちろん》だ。俺は犯人も生きたまま捕まえて警察に突き出す」

『碧に一つ質問したいんだけど――』

そしてセブンが続ける。

『もしもこの世界に、本当にどうしようもなく、
悪質で――。

悪性で――。

最悪で――。

絶対悪の人間がいたとして。

これから始まる事件の犯人がそういう人間で、名探偵の碧が追い詰めたとする。

ここでそいつを殺しておかないと、将来的に沢山の罪の無い人間が犠牲になってしまう。

もしもそういう状況になった時、碧《あお》はどうする？

それでも殺さないの？』

「……セブン、意味が解《わか》らない。その質問に何か意味はあるのか？」

『意味なんてないよ。そもそも人間の生き死に自体、それはただの自然現象で何の意味もない。けど僕は個人的な感情として、アイツが許せないんだ』

明らかに様子がおかしかった。

俺は困惑する。

「だからセブン、お前は何を言って……」

言葉を遮って、セブンが言う。

『──きっとこれが最後になるから、一つだけお願いがあるんだ。碧なら、この壊れた世界を変えられる。だから──アイツと、この僕を殺してくれ』

「突然どうしたんだ？　何がなんだか……」

そう聞き返した瞬間、俺は異常な眠気に襲われる。自然な眠気ではない。

……完全に、油断した。

薬かガスか解らないが、何か盛られたらしい。
視界が暗転、意識が海底に沈むように遠退《とおの》いていく。
最後に。セブンのすすり泣くような声が聞こえる。
『――碧、騙《だま》してごめんね。僕のことは嫌いになってほしい。それじゃ――ばいばい』
そして俺の意識が途絶える。

◆

賽《さい》は投げられた。
もう後には引けない、戻れない。
僕、セブンは薄暗く狭い部屋で後は碧をモニター越しに見守ることしかできない。
僕にとって碧は唯一の友人だった。
最後まで迷ったが、結局、僕は碧を巻き込んでしまった。
どれだけ謝っても許される話ではないだろう。

もしもう一度、碧《あお》に逢《あ》うことができるのなら。

そのときは死んで謝罪しようと思う。

……まあ僕みたいな偽物の命に、価値があるかは解《わか》らないけど……。


これから碧が参加するゲーム。マーダーノットミステリーはただの脱出ゲームではない。殺し合いのデスゲームだ。

源氏《げんじ》ホールディングスが多大な予算を投下して開催している事業で、世界の権力者、資産家に向けた娯楽である。

デスゲームの関連施設やプレイヤーには全て監視カメラがつけられており、システムで管理されている。

それらはネットワーク専用線、独自のOSやアプリケーション等が使われており、強固な情報セキュリティが施されているが、僕にはシステムの管理者権限がありデスゲームでの全ての映像や音声を取得できる。

僕はパソコンを操作して、源氏ホールディングスの地下施設の映像を見る。

デスゲーム観戦会場である地下施設。

その地下二階に、この世のものとは思えない豪華絢爛《ごうかけんらん》な空間が広がっていた。真っ赤なカーペットにオーセンティックな家具が並んでいる。

デスゲーム開幕直前であり、部屋には招かれたゲスト達《たち》、世界中の権力者や資産家の姿があった。

肌や目の色は様々だが、その人間達のほぼ全員が煌《きら》びやかな衣装を纏《まと》っている。世界の大富豪ランキングに名を連ねている次元の人間達だ。

――人間は自分が幸福なだけでは満足できない生き物で、他人が不幸でなければ気が済まない。

残念ながら、それが人間の性質だった。

そこで、とある世界の支配者は考えた。

人の不幸を鑑賞する娯楽を作れば、儲《もう》かるのではないか？

人間にとって最大の不幸とは、死ぬことだ。

そんな倫理の欠片《かけら》もない、収益性だけで開催されているのがこのデスゲームである。

デスゲームは開催される毎《ごと》に内容がエスカレートしていき、誰が生き残るか賭けるギャンブルから始まり、最近では開発中の軍事兵器の試験や人体実験などを兼ねたゲームが行われ、源氏ホールディングスは毎回莫大《ばくだい》な収益をあげている。

警察などの組織は当然買収されており、権力者への忖度《そんたく》により暗黙の了解として見ないことにされている。

利益追求を至高とした経済社会の末路だ。

と、観戦会場の大きな扉が開き、デスゲーム運営の黒服が入場した。

黒服は会場に設置されている巨大なモニターで、今回のデスゲームの概要を説明する。

デスゲームの名称は『マーダーノットミステリー』。

新しい試みとして、現代のインフラの一つであるSNSを利用するらしい。

参加するプレイヤーは六十人。デスゲーム運営の司会役は三人。

司会役のところで『姫野心音《ひめのここね》』の名前を見つけて僕は眉を顰《ひそ》める。

心音は、デスゲームの主宰者のお気に入りだ。

まさかデスゲーム開幕から出てくるとは思わなかった。

今のところ観戦会場に主宰者の姿はないが、心音がいるという事は来るつもりらしい。

デスゲーム主宰者、源氏《げんじ》ホールディングスという複数の世界的大手企業を束ねる代表取締役にして、世界を支配する九人の権力者《パワーナイン》の一人。

彼女の名は鳳凰寺若紫《ほうおうじわかし》。

この世界で生きていてはいけない人間である。

僕はモニターの映像を空港に戻す。

すると丁度、空港では黒服達《たち》が軍用輸送機にデスゲームの参加プレイヤーを運び入れているところだった。
担がれた碧《あお》を見て、僕は願う。
絶対的な犯罪者を葬るには、絶対的な名探偵をぶつけるしかない。
――碧、頼む。このクソゲーを潰してくれ。

◆

……あれ。俺、洗濯機の横で寝たっけ？
轟音《ごうおん》と激しい床の振動で、俺は目を醒《さ》ます。
気がつくと、目の前には洗濯機ではなく……見知らぬオッサンの顔があった。
なんでだよ!?
冷たい床の上で寝ていた俺は、上半身を起こして周囲を見回す。
金属質の壁に囲まれた細長い空間だった。
無骨な鉄骨の凹凸が随所にあり、船内を連想させる。
壁には簡易な椅子が並び、前方には鉄製の扉、側面と後部には複数のハッチがあった。
窓に青空と雲が流れており、ここは飛んでいる飛行機の中であると予想がついた。
周りには俺と同じように、様々な人間が床で寝ている。その乗客の数は俺を除くと十九自分の状態を確認する。

怪我もなく探偵七つ道具やインカムなど、所持品はそのままで何も盗まれたりはしていない。

それどころか俺のポケットには自分のモノではない、小型のタブレット端末が入ってい

た。背面に十三という番号が書かれている。

ここで俺は自分の首に、銀色の首輪がつけられている事に気づく。俺に首輪をつける趣

味はなく、外そうと試みるも無理そうだ。

状況が謎である。

俺は意識を失う寸前の、セブンとの会話を思い出す。

スマホを確認すると幸いにも電波は入っており、電話もネットも繋《つな》がりそうだ。ディス

コードでセブンに連絡を試みるが全く応答がない。

セブンは一体どうしたのか。俺は少し心配する。

すると周囲で倒れている人間達《たち》が続々と意識を取り戻し始めた。

隣で寝ていたオッサンも目を醒《さ》まし、大きく欠伸《あくび》をする。

「あー……よく寝たわ。ここどこだ。お前は何だ?」

言葉尻は、隣にいる俺への問いだった。

俺は毒づく。

「オッサンこそ何なんだよ。俺は気がついたらここにいた。お前こそ何でここにいる？」

「俺は確か……源氏《げんじ》ホールディングスの脱出ゲームに参加しようと会場に行って……そこから……どうしたんだっけな……」

俺と全く同じ境遇らしい。

他の人間も似たような反応で、どうやら此処《ここ》にいる全員がゲームの参加者のようだ。

誰もが状況が解《わか》らず困惑していた。

そんな時だ。前方の鉄製の扉が突然開く。

白い服装の少女が現れる。

「みなさん、おはようございまーす！　体調の方はどうでしょうか。具合の悪い方がいたら申し出て下さいね。まぁ申し出てもらったところで、頑張れーって応援しかできないですけど」

軍服を連想させる白いスーツに、流れるような長い髪。そして頭には兎耳《うさみみ》みたいな形状の装飾品をつけていた。スーツを着ているため大人びて見えるが、非常に小柄で俺より年下に見える。

その少女は、前に一度だけオフ会で会ったことのあるセブンと容姿が似ており俺は驚く。

とはいえ声色は違うため確実に別人だろう。

少女に続くように鉄製の扉から黒服、髭面《ひげづら》の男が現れる。

その髭の黒服の手には黒塗りの拳銃、コルトガバメントのような物が握られていた。

この場の全員が、それを見て息を呑《の》む。

そんな黒服を脇に従えて、少女が声を張り上げる。

「改めまして皆様はじめまして。この度は源氏《げんじ》ホールディングスの脱出ゲーム、マーダーノットミステリーにご参加頂きまして、ありがとうございます！　私はこのゲームの司会の姫野心音《ひめのここね》と言います。さて早速ですが、これから皆さんにはデスゲームをしてもらいます。要するに殺し合いですね。事前に言っておきますが、現在この輸送機は東京の上空で、逃走は不可能です。スマホも使えますし自由にして頂いて構いませんが、警察に通報しても無駄です。あとご家族や友人に連絡しても大丈夫ですが、あんまりゲームの事は口外しないで下さいね。ご家族や友人までこちらで処分する残念な結果となります。それではですね。まず配布物の確認ですが、皆さんが寝ている間にゲームで使う専用のタブレット端末をポケット等に入れてあります。それと皆さんの首に監視と爆殺処理するための首輪がついてます。まずこの二点がちゃんとあるか確認して下さい。ない方がいたら挙手願います！」

……はい？

話についていけず、俺は困惑した。

なんなんだよデスゲームって。しかも爆殺処理の首輪ってなんだよ。

この場にいる全員が同じ気持ちらしく、前の方にいた中年男性が怒号をあげる。

「これは普通の脱出ゲームではないのか⁉　爆殺する首輪って何なんだよ⁉　何も聞いてないぞ！」

姫野心音《ひめのここね》と名乗った少女は、したり顔で答える。

「そりゃ何も言ってないですし。あと嘘《うそ》は言ってませんよ。このゲームは脱出ゲームです。殺し合いから頑張って生き残って脱出してもらう感じの」

「そんな人権を無視した話が許されるか！　早く地上に戻れ！　警察に通報して会社に苦情をいれてやる！」

怒る中年男性が歩み寄って心音に掴《つか》みかかろうとした刹那、乾いた発砲音が響く。

心音の脇にいた黒服の持つ拳銃から煙があがる。

中年男性が崩れ落ち、床に血溜《ちだ》まりを作る。額を撃ち抜かれており、どう見ても即死だ。

……俺は唇を噛《か》む。

まさかこんな突拍子もなく殺人が起こるとは。助ける暇もなかった。

ややあって、堰《せき》を切るように誰かが悲鳴をあげた。

心音は面倒《めんど》そうな顔で懐から拳銃を抜く。それは複雑な装飾の施された黄金の拳銃だ。

俺の見る限り、あの黄金銃は恐らくワルサーＰＰＫだと思う。

「あー、静かにしてもらえますかねえ。ピーピーうるせえよ」

心音は威嚇するように明後日《あさって》の方に向けて発砲。

機内が静かになると、心音が黒服に視線を向ける。

「今撃ったやつ、早く棄《す》てて下さい」

心音から言われる前に、黒服は既に動いていた。

射殺した中年男性を引きずって機内の端まで運び、ハッチを開けた。ハッチの向こうには大空が広がっており膨大な風が流れ込んでくる。

黒服は躊躇《ためら》いなく、射殺した中年男性を大空に投げ捨てた。

そしてすぐにハッチを閉める。

心音が溜息《ためいき》を吐《つ》き、黒服に言う。

「……今の殺す必要ありました？　足とか適当に撃っておけば良かったのでは？」

黒服はスーツの埃《ほこり》を叩《たた》きながら答える。

「ひとり殺してみせた方が説明は早く済みますし。それに何よりも、万が一貴女《あなた》に怪我《けが》をされると、今度は私の身が危ないものでして」

そのやりとりの直後だった。

足下から突き上げるような爆発音が響き、機内が激しく揺れる。

何かが輸送機の真下で爆発した。そんな感じだ。

心音《ここね》が説明する。

「えっとですね。皆さんの首輪にはTNT爆弾がついていまして。このゲームで負けたり、死んだりすると証拠隠滅で半径一メートルぐらい吹っ飛んで爆殺処理されます。……あとゲームが始まる前から脱落者が出るのは、あまり望ましい展開ではありませんので。ご静聴して頂けると私も嬉《うれ》しいです」

俺達《たち》を威嚇するように黄金銃を掲げてみせる心音。

……正直、名探偵である俺としては爆弾や拳銃などよく見る代物で、いちいち驚くものではない。

個人的に気になるのは、あの悪趣味な黄金銃だ。

どう見ても普通の犯罪者が持つような拳銃ではない。

目の前で人が殺され、胸中で俺は激怒していた。

すぐにでも心音と黒服を叩《たた》きのめしてやりたい。しかし俺は天才的な探偵だが武闘派ではなく、拳銃を持った二人相手に正面から挑むのは分が悪かった。

今は大人しくしているのが最善だろう。

俺を含めたこの場の誰もが沈黙。

心音が再び口を開く。

「それではこれからデスゲームの説明を始めますね。ルールのテキストは配布したタブレット端末にも入っており後でも見れますので――」

そして心音はデスゲーム、マーダーノットミステリーの説明を始める。

2章『マーダーノットミステリー』

金に釣られて大手企業の脱出ゲームに参加したら、デスゲームだった件について。
俺の今の状況は、そんな感じだった。
……全く笑えねえよクソが！
普段、動画を二倍速で見ている俺にとって、心音《ここね》の説明は非常に遅くストレスだった。
即座に配布されたタブレット端末を起動、俺はルールに目を通す。

・賞金総額百億円！
デスゲーム、マーダーノットミステリーの説明。

【概要】
SNS上で殺人を予告して殺人事件を起こし、プレイヤー同士で殺し合うバトルロイヤル形式のデスゲーム。

【ルール】

ゲームには配布した弊社デスゲーム専用タブレット端末（以下、デスタブ）を使用。デスタブには弊社デスゲームSNSが入っており、アカウント名になっている番号、およびデスタブ背面の数字がそれぞれのプレイヤー番号となる。

デスゲームSNS上で、他プレイヤーのアカウントに『殺人予告』を行い、殺人行為を仕掛ける。殺人の方法は自由。手持ちの点数は一点からスタートで、予告から三十分以内に殺人を成功させると十点加点。失敗すると五点減点される。また殺人予告を受けたプレイヤーが防衛に成功した場合、六点加点される。

五十五点以上の獲得でゲームクリアとなり、ゲームから解放、賞金二十億円獲得となる。

死亡、あるいは点数が〇点になった場合、ゲームオーバーとして首輪の爆弾が爆発、抹消となる。


場所は東京都周辺、期間は一週間。

参加人数は六十人で、ゲームクリアのプレイヤーが五人出た時点でゲームは終了となり、クリアできなかった全てのプレイヤーはゲームオーバーとなり首輪は爆発する。

なおゲーム期間、一週間を経過してもゲームクリアとなったプレイヤーが五人出ない場合は、手持ち点数の上位五名をゲームクリアとする。その中に同点の同着があった場合、同着のプレイヤーを含めてゲームクリアとする。

手持ち点数は、一点を支払い現金百万円に換金が可能。資金使途は自由。換金はデスタブに入っている銀行アプリにて、都内のコンビニにあるATMで行える。

またプレイヤーの他にデスゲーム運営の司会役三人がゲームに参加。司会はルール違反を認めた場合、プレイヤーを処刑できる権限を持つ。

司会はゲームの円滑な進行と娯楽性を確保するため、独自の特殊ルールを設けてイベント戦をSNS上で予告、プレイヤーを指定して、プレイヤー同士を強制的に戦わせることができる。

ゲームを公正に保つため、プレイヤー及び司会、デスゲーム運営はルールを遵守する。ゲーム開始後は、ゲーム終了まで運営はプレイヤーに干渉できないものとする。また不測の事態でルール変更の必要がある場合は、出資者および観客の過半数の同意を得て行うものとする。

※その他の質問については、デスタブより担当のデスゲーム司会に電話でお気軽にご質問下さい。

……ルールを読んで、俺は卒倒しそうになる。

なんだこの倫理の欠片《かけら》もないクソゲーは。

名探偵の俺を舐《な》めてんのか？

しかもデスタブってなんだよ。可愛《かわい》く略せばいいって話じゃねーぞ。

面白いじゃねえか。

こんなクソゲー、俺が全力でぶっ壊してやる！

デスゲームの説明を終えた心音《ここね》が、スマホを取り出す。

「ルールは実際にやってもらうのが一番解《わか》りやすいと思いますので、早速始めたいと思います。皆さんのスタートはこの輸送機です。まずは私が司会の権限で、イベント戦を開催しますので」

心音が黒服に目で合図する。

黒服は鉄製の扉の向こう側から、何かを運び入れはじめた。

迷彩色のリュックのようなものだ。次々と投げ込み全部で十個が積まれる。

……あれはパラシュートか？　まさか飛び降りろって言うんじゃねえだろうな……。

俺が内心でそう呟《つぶや》いた直後、心音《ここね》は宣言する。

「では皆様。全員、ここから飛び降りて下さい。無事に地上へ生還できたらクリアです。制限時間は三十分。三十分超えてここに残っていた人間は全員、射殺します。パラシュートは十本用意しました。残念ながら人数分はないのでご自由に奪い合ってどうぞ。パラシュートは落下中に自動で開くやつなので操作は安心して下さいね」

心音が軽い調子で言い終えると同時に、俺を含めたプレイヤー全員のデスタブが鳴る。

俺のデスタブの画面にも、通知が来ていた。

【司会、姫野《ひめの》心音よりイベント戦の予告がされました！　頑張って生き延びて下さい！】

そして心音は、特に感情の籠もらない声で言う。

「それじゃ開始です」

駆動音が響き、機内後方のハッチが自動で開く。

機内に大量の風が雪崩《なだ》れ込《こ》んでくる。

……要するに、あそこから飛び降りろという話らしい。

俺を含む残るプレイヤーの十九人は誰もが棒立ちとなっていたが、しばらくして皆がパラシュートに殺到。殴り合いの奪い合いが始まった。

遠目に眺めながら、俺はどうしたもんかなーと思考する。するとその時だ、俺のスマホが鳴る。

杏《あんず》から『兄、飯買ってきて』とディスコードでＤＭが来ていた。

……やむを得えない。ここは杏の手を借りるしかなさそうだ。

俺は杏にボイスチャットを投げた。運も良くすぐに繋《つな》がりインカムから杏の声が響く。

『ん、兄。突然どうしたの？　飯はやく買ってきて』

「悪いな杏。気がついたらデスゲームに参加させられていてな。お前の飯を買いに行ける状況じゃないんだ」

『意味わかんない。兄は馬鹿なの？　死ぬの？』

「ぶっちゃけかなり本気なんだ。冗談でなく本気。手を貸してくれ」

『コップスのチョコレートケーキ買ってくれるなら手伝っても良《い》いよ』

コップスとは都内で展開しているケーキ屋だ。そこのチョコレートケーキは杏の好きな菓子ベスト三に入る。

一個三千円ぐらい。まぁハッキングによる情報収集、改竄《かいざん》の天才である杏をサブスクで使えると思えば安いものだ。

「わかった、それで手を打とう。帰るときに買ってくる」

『おけおけ。で、私は何すれば良いの？』

「まず画像を送る。その画像のパラシュートの最大積載量を調べてくれ。あとデスゲーム運営によると今、俺は東京都上空らしい。本当か調べてくれ」

俺はスマホで争奪戦となっているパラシュートの写真を撮って杏《あんず》に送った。

五秒で回答が返ってくる。

『――そのパラシュートは、米国企業製のやつで一人用だね。最大積載量は百二十キロ。兄のスマホのGPS情報から位置把握、自衛隊のフライトレーダーをハックして場所も把握した。場所は奥多摩《おくたま》の方かな、現在高度四千メートルの地点』

情報を得て、俺は考える。

さて。この輸送機にいるプレイヤーは十九人。

それに対してパラシュートは十本。

デスゲーム運営はここで半数を死なせる予定らしいが……残念ながら、俺が居合わせたのが運の尽きである。

「おいお前ら！　俺に全員が助かる良《い》い考えがある！　奪い合うのを止《や》めろ！」

俺はそう叫ぶも、誰も奪い合いを止めない。

仕方ない。

話が通じないなら後は暴力！　力ずくで解決するしかない。

俺は探偵七つ道具の一つ、金槌《かなづち》を取り出した。

奪い合いをしている何人かのプレイヤーを金槌アタック……は少し可哀想《かわいそう》なので、金槌の柄で殴り飛ばす。

続けて機内の壁を金槌でガンガン叩《たた》く。大きな音を鳴らしたところで、ようやくこの場にいる全員が、あ、こいつヤバい奴《やつ》だ……という視線を俺に向けてきた。

俺は声を張り上げる。

「そのパラシュートの最大積載量は百二十キロだ！　計算して二人一組で使えば全員、下に降りられる！」

その俺の発言にプレイヤー達《たち》は全員、静止。

場の主導権を握った俺は続ける。

「全員、体重を言え！　俺が積載量を超えないように良い感じにペア決めてやる！　ジャケット着てる奴は全員脱げ！　あとタオルやベルトがある奴は外して俺に寄越《よこ》せ！」

一人一人体重を聞き出して俺はペア決めを行う。そして体重が重い方にパラシュートを背負わせ、強制徴収したジャケットやベルトを紐《ひも》代わりにしてもう一人の人間と結んで固定。準備のできた二人一組から、俺はハッチより大空へ突き落としていく。

最初の方は良かったものの、後半になるにつれ百二十キロを超えない組み合わせが限られてペア決めの難易度があがる。

運も良く順調に皆を脱出させていき、残る俺以外のプレイヤーは一人となった。

残った最後の一人、そのプレイヤーは恰幅《かっぷく》の良《い》い男性で、体重が百三十キロもあるらしい。

一人でもパラシュートの積載量は超えている。

アホか、どうしろって言うんだよオイ。

その恰幅の良い男性は半笑いで言う。

「私だけで十キロオーバーしてるんですが、大丈夫なんですかねえ……？」

「知るかッ！　お前はただちに十キロ痩せろ！」

自分で言ってなんだが、無理だと思う。

まあパラシュートは最大積載量を少しオーバーしても大丈夫だと思う。他に選択肢もなく神に祈るしかない。

その男性にパラシュートを背負わせて、俺は大空へ蹴り落とす。

今のが最後の一人だ。これで全員を脱出させる事に成功した。

そして丁度、パラシュートの数もゼロである。

「よし。我ながらいい仕事をしたぜ……」

俺が額の汗を拭っていると、今まで黙っていた心音《ここね》が拍手を送ってくる。

「すごいすごい！　今まで何回かコレやってるんですけど、二人一組で降下するなんて考えて、実際にそれを成功させたのは貴方《あなた》が初めてです。……で、パラシュートはもうありませんけど。貴方はどうするんです？」

「それな。ちょうど今、俺もどうしようか考えていたところだ」

心音に応じて、俺は溜息《ためいき》を吐《つ》く。

どう試行錯誤しても、百二十キロを超えないペアを十組で収めるのは不可能だった。どう組み合わせても一人降りられない事は、初めに体重を聞き出した時点で解《わか》っていた。

くそ――――――――ッ！！！

あの最後の奴《やつ》のせいで俺が降りられないじゃねえか！

心音が肩をすくめる。

「ちなみに制限時間はあと十分です。射殺されるかパラシュート無しで飛び降りるか選んで下さい。あ、でも飛び降りればワンチャン助かるかもしれませんよ」

いやいや、ご冗談を。無理だろ普通に。

杏《あんず》の情報だとこの輸送機は高度四千メートルにいる。流石《さすが》にパラシュートなしでは助からない。

となると、俺が生き残る方法は一つしかない。

俺は心音に向き直る。

「残念だが俺は飛び降りるつもりも、射殺されるつもりも毛頭ないんだが？」

「ではどうするんです？」

その問いに、俺は不敵な笑みを浮かべる。

「簡単な話だ。ここでお前を倒してしまえばいい」

「……その場合はルール違反と見做《みな》します。飛び降りないのなら、どっちに転んでも射殺ですね」

残念そうな顔で、心音《ここね》が俺に黄金銃を向ける。

引き金に指をかけながら、心音は続けた。

「最後に名前ぐらいは聞いておいてあげます。貴方《あなた》の名前は？　高校生ですか？」

「俺の名前か？　俺の名は――――」

そして俺は決め顔で言う。

「――俺の名前はジェノサイド江戸川《えどがわ》。探偵さ」

……。

ややあって、心音が半眼になる。

「嘘《うそ》ですよね？　なんですかその殺人鬼だか名探偵だか解《わか》らない名前は」

「どうして嘘だと思うんだよ。さすがに失礼すぎないか？」

「……デスゲーム運営は身辺調査をした上で、プレイヤーを選考しています。調べればすぐ解る話なので、こんなところで嘘を吐《つ》いても仕方ないですよ？」

「じゃあ調べてみろよ。本当だから」

心音はスマホを取り出して叩《たた》き、驚愕《きょうがく》する。

「……嘘でしょ。本当に本名がジェノサイド江戸川で登録されてる。こんなの絶対に偽名に決まってるじゃないですか」

「お前さ、どうしてそれが偽名だと決めつけるんだよ。全国のジェノサイドさんに土下座して謝れよ」

俺がそう煽《あお》ると、心音はムッとした顔となった。

心音が黒服に視線を向ける。

「ちょっと操縦席に行って運営に、あいつの名前をもう一度調べるよう言ってもらえますか？」

黒服は頷《うなず》き、前方の鉄扉の奥に引っ込んだ。

俺と心音、二人だけとなる。

思わず、俺は失笑する。

「……馬鹿かよ。犯人が名探偵と対峙《たいじ》して、目を離すなんてさ。デスゲーム司会だか何だか知らないけど、犯罪者としてはお前三流だな」

心音が俺を睨《にら》んでくる。

「それはどういう意味です？」

「マーダーノットミステリーだか何だか知らねえけど。こんなクソゲー、俺が全て徹底的に切り刻んで潰して壊してワゴンセール行きにしてやるって話だよ。……ところで大丈夫なのか？」

「何がです？」

「後ろ後ろ。火事じゃね？」

と、ここでようやく心音《ここね》は気づいたらしい。

心音の背後から物凄《ものすご》い勢いで白煙があがっていた。

……種をバラすと、俺の探偵七つ道具の一つ、発煙弾である。さっき心音が俺から視線を外した隙に、床を転がすように投擲《とうてき》していた。

他プレイヤーから強制徴収したタオルが巻き付けてある上、さらに輸送機のエンジン音もあって、発煙弾の転がる音には心音も黒服も全く気づいていなかった。

後方のハッチから風が流れ込んでいるとは言え、発煙弾の煙は機内の前方で充満する。

心音は慌てた様子になる。

「えええええっと、火を消すには消火器ですよね……？　消火器はどこにあったたっけ……」

「お前、本当に馬鹿だな。本当の火事ならもっと煙は黒いよ。こんな白くねえよ」

「――えっ？」

心音は驚いた様子で目を見開いた。

俺の言葉に驚いた訳ではなく、俺の声が目前から聞こえた事に驚いたのだろう。

混乱した様子の心音との距離を難なく詰めた俺は、そのままスタンロッドを心音に突き刺した。

電流が流れ、意識を失った心音が力なく俺の方に倒れ込む。俺が抱き止めると、心音の持っていた黄金銃が床に転がる。黄金銃を拾い上げながら俺は考える。

さて、問題はここからだ。

脱出する方法がない以上、俺に残された手段はこの輸送機を制圧してしまうしかない。

ただ輸送機を制圧して地上に降りたとしても、この首輪がある以上、デスゲーム運営は俺をいつでも爆殺できる。

まずこの生死与奪を握られた状態から抜け出さなくてはならない。

と、ここで俺は解決策を思いつく。

明らかに普通ではない黄金銃を持つデスゲーム司会の少女、姫野《ひめの》心音。

先ほどの黒服の言葉からも、この少女がデスゲームで重要な立場にいると推察できる。

つまり――――。

「動くな」

突然、俺の後頭部に冷たく硬いものが押しつけられた。

少し振り返るとそこには白煙に紛れて髭面《ひげづら》の黒服がおり、俺の頭に銃口を突きつけている。

いつの間に戻ってきたのか。

……うーん、全く気配に気づかなかった。

何度も言うが、俺は武闘派ではなく接近戦も得意ではない。

黒服が冷たく言う。

「まず拳銃を捨てて、司会を床に下ろせ。さもなくば射殺する」

……この黒服は、何も言わず俺を射殺することもできたはずだ。それなのに何故《なぜ》しなかったのか。

恐らくは、俺の抱えている心音《ここね》に命中するなど、怪我《けが》をさせてしまう可能性を考えたからだ。心音に怪我をされると自分の身が危ないと言ったのは、他ならぬこの黒服である。

残念だが、もう手は打ってあった。

俺はニヒルに笑う。

「お前、状況がわかってるのか？　よく見ろよ。俺が死んだら首輪が爆発するんだろ。こいつも道連れになるんだが？」

言いながら俺は自分の左手を挙げた。

俺の左手首には探偵七つ道具の一つ、手錠が嵌《は》まっている。そして手錠のもう片方の輪には……心音の右手が繋《つな》がっている。

これが俺の打開策だった。

ギャラッ

要するに、デスゲーム司会を人質にしてしまえばいい。

俺が死ねば首輪が爆発、自動的に心音《ここね》も道連れとなる。黒服に拳銃を突きつけられる寸前、俺は心音と手錠を繋《つな》ぎ終えていた。

黒服が絶句している。

直感的に今がチャンスだと悟った俺は倒れるように銃口から逃れ、そのままスタンロッドを黒服に突き刺した。

電流を流して黒服を倒す。

沈んだ黒服が気絶しているのを確認、俺は立ち上がった。

……よし！　何とかなった。

今の黒服の反応を見る限り、やはり心音はデスゲーム運営にとって大事な人物なのだろう。

人質にしている限り、俺の首輪は爆発しない気がする。たぶん。

次の課題は、どうやって地上に戻るかである。

操縦席にはパイロットもいるはずで、デスゲーム運営の人間である可能性が高い。心音を人質にとれば地上へ降りてもらえるだろうか。

ただ地上に降りても空港で包囲されるだけな気もする。

まあ行ってみて状況で考えよう。

そう思い俺は心音を抱えて鉄製の扉を開け、輸送機の奥に進む。

そこは狭い通路で、操縦席はまだ先のようだ。

と、その隅の方に見覚えのあるものを見つける。パラシュートだった。予備か非常時の備えかは解《わか》らないが、丁度よい。

心音を抱えた感じ、恐らく体重は五十キロぐらいだろう。俺と合わせても百二十キロは超えないと思う。

先ほどの場所に戻り俺は心音と自分の身体《からだ》を結んだ。そしてパラシュートを背負う。

俺は杏《あんず》に訊《き》く。

「なあ杏。今パラシュートで飛び降りると、どの辺りに落ちる？」

『いま八王子《はちおうじ》だから。風の煽《あお》られ方にもよるけど、高尾山《たかおさん》あたりだと思う』

いやーなるべく都市部に落ちたい……。

そんなことを思いつつ、俺は後方のハッチから飛び降りようとする。

思わず、足がすくんだ。

うわ、高いところめっちゃ怖《こえ》えええ！

とは言え、ガンガン他のプレイヤーを突き落としてきた俺としては、自分が怖いというのも情けない話であった。

……学校に行くよりかは怖くない。そのはずだ。

大丈夫、怖くない。

そう心の中で念じて、俺は意を決して大空へと足を踏み出した。

◆

僕、セブンはデスゲームの開幕早々、司会を人質にとった碧《あお》を見て苦笑する。

予想の斜め上すぎて本当に碧らしい。天才というより、デスゲーム運営からすれば天災だ。

この未曾有《みぞう》の事態にデスゲーム運営サイドにも動きがあった。

僕はモニターの映像を、そちらに変える。

碧が輸送機から脱出した直後。

気絶していた髭《ひげ》の黒服は、すぐに目を醒《さ》ました。そしてデスゲーム運営本部に、プレイヤー番号十三、ジェノサイド江戸川《えどがわ》に司会の姫野心音《ひめのここね》が拉致され人質にとられた旨の報告が入る。

そんな報告を受けてデスゲーム運営の要職、幹部黒服達《たち》に衝撃が走った。

すぐさま三人の幹部黒服に緊急招集がかかり、会議室に集結する。

デスゲーム観戦会場、地下施設の地下一階。

そこは、どこにでもあるオフィスの平凡な会議室だ。

真っ白な壁に、パイプ椅子に長机。ホワイトボードには、『マーダーノットミステリー収益目標（ノルマ）』などの文字と数字が並んでいた。

源氏《げんじ》ホールディングスのデスゲーム事業部、部長の幹部黒服。その煙草《たばこ》を吹かす黒服は、長机で頬杖《ほおづえ》をつきながら沈痛な面持ちだった。

「……ちょっと待って。なんだろう、デスゲームでさ。終盤になってプレイヤーが運営に反抗してくる話はあるよ。よくあると思う。でもさ、いきなり開始と同時に司会が拉致されるのはあり得ないだろ。なんなんだよ一体。しかもよりによって、拉致されたの若紫様《わかしさま》が孫みたいに可愛《かわい》がってる心音様じゃないか……。どうすんだよこれ……誰が責任とるんだよ……若紫様にどう報告するんだよ……」

その煙草の黒服の向かいには、同じくデスゲーム事業部、デスゲーム企画課の課長、天然パーマの黒服がいた。

天然パーマの黒服は応じる。

「こんなの若紫様には言える訳ないっしょ。しかも心音様、例の兵器も持ってるだろ。若紫様に報告したら最後、俺達《たち》はよくて魚の餌か軍事兵器の実験台だぜ」

「発想を逆に考えよう。あえて今すぐ報告をあげてしまい、あの髭《ひげ》の黒服に全ての責任を押しつけてしまおう。元はと言えば、あの髭が負けたのが一番悪いんだ」

「あのさ。あの髭も一応、お前の部下だろ？　そういう部下に責任を押しつけて自分は逃げ切ろうとするトカゲの尻尾切りみたいなの、若紫《わかし》様が一番キレるやつじゃん。だったら素直にスライディング土下座した方が良《い》いと思うぜ。……大体さぁ、どうしてデスゲーム始める前に、プレイヤーの所持品を検査しなかったんだよ。X線とかの機械を使って、危なそうなものは没収しとけばこういう事態は防げたんじゃねえの？」

「それはスケジュールの都合でできなかった。しょうがないだろッ!?　俺だって毎日残業して頑張ってるんだよ!?　でもできないもんはできないんだよッ!?」

「見苦しいから逆ギレすんなよ……。というか、あのジェノサイド江戸川《えどがわ》って高校生、何者なんだよ。情報だと職業高校生探偵ってなってるけど。今時の高校生探偵って、発煙弾とかスタンロッドとか持ってるもんなの？」

「さあ……？　まぁ麻酔針とか変声器とかは聞いたことあるから、発煙弾やスタンロッドが出てきても不思議ではないと思う」

幹部黒服の二人が頭を抱えていると会議室に別の黒服、坊主頭の男が入ってきた。

それはデスゲーム事業部、副部長である。

煙草《たばこ》の黒服が、坊主頭の黒服に訊《き》く。

「下のゲストの様子はどうだ？　どういう反応？」

下とは観戦会場のことだ。

この地下施設は地下五階構造となっており、地下一階がデスゲーム運営本部のオフィスや会議室があり、地下二階にゲスト達を招く観戦会場などがあった。

デスゲームの様子は監視カメラで撮影され、観戦会場にリアルタイムで流れている。

当然、碧《あお》が輸送機を制圧した様子も全て流れていた。

このデスゲームは飽くまで娯楽であり、デスゲーム運営としては観客や出資者の反応が第一である。

坊主頭の黒服は静かに言う。

「下のゲストは問題ない。むしろ逆に盛り上がってる」

意外だったらしく、煙草の黒服が目を丸くする。

「え。なんで？」

「世界を牛耳る権力者、鳳凰寺《ほうおうじ》若紫のイベントがたった一人の日本人の高校生に台無しにされてるってな」

その言葉に嘘《うそ》はなく、観戦会場では盛り上がっていた。

世界を支配する九人《パワーナイン》の権力者の一人、鳳凰寺若紫を好ましく思っていない人間は多い。

そういった人間にとっては、さぞ痛快だろう。

煙草《たばこ》の黒服が涙目になる。

「あああああ……死んだわ俺達《たち》。もう終わりだよ終わり。若紫《わかし》様のメンツを潰したやつじゃん。俺なんでこんな会社に就職しちゃったんだろ……」

会議室で、幹部黒服の三人は絶望していた。

すると会議室の扉が再び開く。

現れたのは白い制服のような服装の少女だ。

肩まで伸びる髪に、胸元には大きなリボン。服装の色といい風貌は心音《ここね》に似ているものの、それよりもさらに幼い。年齢は十二歳ぐらいだろうか。

姫野《ひめの》心音の妹で、同じくデスゲーム司会役の姫野由岐《ゆき》だった。

由岐は幹部黒服三人に駆け寄ると、元気よく言う。

「うちのお姉ちゃんが敵に捕まったと聞きました！　私がお姉ちゃんの分まで頑張りますですッ！」

そんなやる気に溢《あふ》れた由岐に対して、三人の幹部黒服は溜息《ためいき》で応じた。

一応はデスゲーム司会という立場だが、由岐は普通の元気な少女だ。作戦能力も戦闘能力も皆無。幹部黒服達にとっては仕事の邪魔なだけだが、鳳凰寺《ほうおうじ》若紫の意向で司会となっており、無下に追い出す訳にもいかなかった。

一人だけ元気な由岐を尻目に、三人の幹部黒服はぐだぐだな会議を続ける。

通常であれば反抗したプレイヤーはルール違反として爆殺する。しかし碧《あお》は心音を人質にしておりそれはできない。若紫のお気に入りである心音の身の安全は、絶対的な優先事項であった。

おまけにデスゲームが始まってしまった以上、ルール上、黒服達は直接的な介入ができない。手を出せるのは由岐などデスゲーム司会だけとなるが……由岐は戦えずどうにもできない。

最後に煙草の黒服がぼやく。

「若紫様もさ。心音様がそんなに大事ならデスゲーム司会なんてやらせるべきじゃないんだよ。なんで怪我《けが》もさせたくないお気に入りに、こんな危ない仕事をさせるんだよ……」

天然パーマの黒服が応じる。

「それは可愛《かわい》い子どもに危険な目に遭って成長してほしいけど、怪我もしてほしくないみたいな親心だろ……」

「本当やめてくれ。そういう訳の解《わか》らない大富豪ムーブ、現場がマジで大迷惑だ……」

「っていうか、心音様ってイージス艦が買える勢いの武装してたはずだし、銃撃戦なんかもかなり強いはずなんだが。どうしてこんな簡単に人質に取られたんだ……？」

「……さあ……？」

3章『高尾山で手錠をかけて蕎麦を喰う』

俺がパラシュートで地上に降りるとタブレット端末、デスタブから軽快なメロディが流れた。

【イベント戦、生存成功！　おめでとう！　十点獲得！】

というメッセージが表示されている。

……なんかイラッとするな、これ。

デスタブ画面右上に表示されている数字が十一点になっている。

なるほど。これが持ち点で、こんな感じで五十五点集めるゲームのようだ。

辺りは人気の無い山林だった。

俺は役目を終えたパラシュートを外し、心音《ここね》も地面に下ろす。

首輪の爆弾がある以上、心音を人質にとり続けるしかなく、暫《しばら》くは心音を連れ歩くことになりそうだ。

心音はまだ気を失っている。起きる前に凶器などを取り上げておこうと、俺は心音の所持品を確認する。

心音は見る限り、黄金銃以外に凶器は所持していなかった。あとの持ち物は財布とスマホぐらい。

財布には十万円入っていた。今の俺には所持金がないので、借りることにする。

断じてこれは泥棒ではない。借りるだけだぞ？

そして財布の中から、高校の学生証が出てきた。紛れもなくそれは、姫野《ひめの》心音のものだ。

都内にある公立高校の、普通の学生証だ。

……なんだよ。デスゲームの司会なんてやっているから考えもしなかったけど。普通の女子じゃねえかよ……。

俺はスマホで学生証の写真を撮り、ＤＭで杏《あんず》に送る。

「杏、この学生証の子を調べてくれ」

するとボイスチャットの向こうで、杏が息を呑《の》む音がした。

『なにこの女。兄、急にどうしたの？　やめてよ。兄が陽キャになると、うちの陰キャが私だけになる。駄目、絶対に赦《ゆる》さない……この裏切り者……』

「お前は何を勘違いしているんだ……？　それはデスゲーム司会やってる子だぞ、後でもいいから調べてくれ」

ヤンデレみたいな反応をする杏に今の状況を説明しながら、俺は再び心音の持ち物を確認していく。

ふと、俺はそこで心音《ここね》の頭にある兎耳《うさみみ》のような装飾品が気になった。そもそもこれ、装飾品なのか？

俺の直感。なんかこれ、すげー嫌な予感がする……。

触れてみると布のような金属のような、未知の感触だ。

引っ張ってみるが、心音の頭から外れない。あまり力を入れると髪ごと引っ張ることになりそうで、流石《さすが》にそこまでするのは抵抗があった。

まぁ気にしすぎか……そう考え、俺は心音の所持品の確認を終わりにする。

俺は杏《あんず》に訊《き》く。

「杏、ここはどこだ？　場所を教えてくれ」

『東京都八王子《はちおうじ》、高尾山《たかおさん》の山道の近く。少し歩けば駅が近くにあるよ』

とりあえず駅に向かおう。

俺は心音を背負い山林を歩く。

幸いにもすぐに整備された山道に出た。そのまま山道を下っていく。

場所は観光地の高尾山、周囲には観光客の姿もあった。

俺が学校の制服姿なのが幸いして、学校の行事で来ているのと判断されているのか怪しまれる事はなかった。

さすがに手錠は目立つので、そこは上着を被《かぶ》せて隠している。

……っていうか心音が重い。ずっと背負うのはキツいんですけど……。

段々と辛《つら》い気持ちになり、俺は心音を投げ捨てたい衝動に駆られる。

しかしそれは人として、やってはいけない気がした。

そんな時、背中の心音が動く。目を醒《さ》ましたようだ。

「……えっと。理解が追いついていないのですが、これはどういう状況ですか？　教えてもらえますか？」

特に隠す必要はなく、俺は答える。

「ここは高尾山だぞ。俺達《たち》はいま登山道を歩いてる感じ」

「意味不明なのですが……」

返答に窮して、俺は少しだけセブンを真似《まね》る。

「人生は、概《おおむ》ね意味が解《わか》らないものだぞ。そもそも意味なんて無いのかもしれない。だから意味が解らないままでもいいんじゃないのか？　……っていうか、起きたなら自分で歩いてもらっていいか？　正直お前、重いんだわ」

「女の子に対して重いとか言うのどうなんです？　怒りますよ？」

不満そうな心音を、俺は構わず地面に下ろす。

心音が疑問の声をあげる。

「それで此処《ここ》はどこです？　私いま何をやっていたんですか？」

「だから、ここは高尾山《たかおさん》。俺達《たち》はいま登山道を歩いてた」

「それはさっき聞きました。貴方《あなた》は、ジェノサイド江戸川《えどがわ》とかって言ってましたよね。それで本名は何て言うんです？」

……まぁ別に名前ぐらい言ってもいいだろ。

「俺の名は横溝碧《よこみぞあお》。探偵だ」

「やっぱ偽名じゃないですか！　この嘘吐《うそつ》き！」

「偽名に決まってるだろ。当たり前じゃねえか。大体ジェノサイド江戸川って何なんだよ……。それと、デスゲーム司会のお前に嘘吐きとか言われたくねえよ」

「それで貴方と私で、どうして高尾山にいるんですか？　いつから一緒に登山するほど仲良くなったんです？」

「まあ手錠で繋《つな》がる仲だしな」

俺がそう言うと、そこで初めて心音《ここね》は俺と手錠で繋がっている事に気づいたらしい。

心音は自由な左手で、右手に掛けられた手錠を力ずくで外そうと試みている。

ややあって強引には外せないと悟ったらしく、心音が言う。

「……あの。この手錠の鍵を貸してもらえますか？」

「手錠の鍵？　そんなもんはないぞ」

「え、じゃあこれどうやって外すんですか？」

「俺は天才だからな。鍵なんてなくても外せるんだよ」

それは本当だ。俺の探偵スキル、ピッキングで外せるため鍵は持ち歩いていない。

「……あの。この手錠、外してもらえますか？」

「俺も可及的速やかに外したいんだが、それはできない。首輪の爆弾を外してくれたら考えてやるよ」

「それはちょっとできません。……ええっと、輸送機で煙があがったところまでは覚えてるんですけど。その後の記憶がないんですが……。もしかして私、貴方に拉致されてる感じなんですか？」

「正解。概《おおむ》ねその通りだ」

「拉致するなんて酷《ひど》くないですか？　早く解放して下さい！」

「それお前が言うの？」

ここで心音が何かに気づいたらしく、慌てた声を出す。

「あれれ、私の拳銃と財布がないんですけど!?　知りませんか!?」

「ああ、それなら俺が没収した」

「ひどい！　この泥棒！　犯罪者！」

「だからデスゲーム司会のお前に犯罪者とか言われたくねえよ!?」

「返して下さい！　今なら許してあげますよ！」

「アホか。ここで拳銃を返す馬鹿がどこにいる」

「……お願いします。財布はいいんで、とにかく拳銃は返して下さいぃ……。それ、すっごく大事なモノなんです……」

「バカかお前。拉致した敵に武器を返せる訳がないだろ。もっと常識的に考えてくれ」

俺が拒否すると、心音《ここね》は泣き崩れるように地面にへたり込んだ。

「……ううぅっ……お願いしますっ、私、その拳銃がないと駄目なんです……」

「駄目だっつーの」

「ふぇえ……絶対に撃ちませんから。ちょっとだけ。ちょっとだけでも返して下さい……」

「ちょっとだけ返すって何なんだよ。訳が分からない」

「……本当にお願いします。何でもしますからぁ……」

「何にもしなくていいから。黙って歩いてくれるだけでいい」

「……ううぅっ……酷《ひど》いです。こんなの、あんまりです……うぇぇえん……」

などと泣き始める心音。

俺は困惑する。

「っつーか泣くほどのことなのか……？」

「……私、その拳銃がないと不安で不安で仕方ないんです……。お願いですから、返してくださいぃ……。こんなに女の子が泣いてるのに、可哀想《かわいそう》だと思わないんですか……？」

「……いや。全く可哀想だと思わない」

何なんだよコイツ。スイッチが入ったように人格が変わったんだが？　情緒不安定すぎでは？　しかも拳銃がないと不安で仕方ないとか普通にヤバい人間である。

泣いている心音《ここね》に、俺は対応に困る。

俺にコミュ力はなく、こういう時どう対応すればいいのか解《わか》らない。

助けてくれセブン！

頼みの綱である友人に頼ろうとするが、セブンは変わらずオフラインだった。

ちきしょうめ。後は杏《あんず》ぐらいしか相談できる、というか話せる相手がいないが杏にまともな意見は期待できない。そこら辺の壁に訊《き》いた方がマシだ。

傍《はた》から見れば、完全に女子を泣かせた男子みたいな構図になっていた。周囲の観光客からの視線が痛い。

耐えられなくなり、俺は心音を強引に立たせて山道脇の飲食店、蕎麦屋《そばや》に入る。

「泣くなっつーの！　ほら飯でも食って落ち着いてくれよ。ほら、何食う？」

テーブルのメニューを心音に差し出す。

するとと心音は迷わず選んだ。

「うぅ……私、季節のてんぷら蕎麦の大盛りがいいです」

あ。こいつ地味に一番高いメニューを選びやがった。

こっちは面倒くさい奴《やつ》は杏だけで間に合ってるんだよ……と内心で呻《うめ》きつつ、俺も同じものを注文した。

その後も、ずっとめそめそする心音。

「あの……拳銃、返してもらえませんか……？　ちょっとだけでも」

あまりにもしつこく、俺は少しだけ妥協する。

「無事にデスゲームが終わったらちゃんと返してやる。だから俺の邪魔はするなよ！　手錠で繋《つな》がってるから、お前がちゃんと動いてくれないと俺も困るんだよ！　俺の邪魔をしたら、あの銃はバラバラの粉々にして東京湾に沈めるからな！」

俺がそう凄《すご》むと、心音が怯《おび》えた兎《うさぎ》のように縮こまる。

「……あううう……わかりました……。あ！」

「なんだ突然、どうしたんだ？」

「……頭の機械が動かない……壊れたのかも。これはヤバい。めっちゃ怒られるやつだ……」

頭の機械？

俺がそう問い返そうとした瞬間だ。

デスタブが鳴り、俺は画面を見る。

【司会、姫野由岐《ひめのゆき》が貴方《あなた》を対象としたイベント戦を宣告しました。ルールを確認して下さい！】

【ルール説明】

プレイヤー十三番を生け捕りで拘束しよう！

成功した場合、三十点獲得となります。

SNSで生捕予告を出してプレイヤー十三番を生きたまま捕らえて、運営に引き渡せばイベント戦クリアです。

※イベント戦の開催中は、プレイヤー十三番への殺人予告は生捕予告となります。その他ルールについては、マーダーノットミステリーに準じます。

……。

どうやらまたイベント戦というやつらしい。

このルールを見る限り、対象を殺さずに捕まえるだけでクリアできるようだ。

しかもそれで三十点って、めっちゃ美味《おい》しいと思う。

で、プレイヤー十三番って一体誰だよ。

俺はプレイヤー番号がデスタブの裏面に書かれている事を思い出した。手に持つデスタブを裏返す。

そこには紛れもなく、十三という数字が印字されていた。

……プレイヤー十三番って、俺じゃん!?

俺は苦笑する。

どうやらデスゲーム運営は、心音《ここね》を何がなんでも取り返したいらしい。

同じく、イベント戦の通知が来たのだろう。自分のスマホを見ていた心音に俺は訊《き》く。

「おい。この姫野由岐って司会、お前の家族か何かか?」

「……由岐は私の妹でして……」

「お前ら、姉妹揃《そろ》ってデスゲーム司会やってるの? やばくね?」

「いえ、普段は司会をやってるのは私だけです。由岐は今回が初めてでして……」

「そもそも何で、こんなクソみたいなデスゲームの司会なんてやってるんだよ」

「……そこは色々と事情がありまして……。デスゲームの仕事をしてると、住むところとご飯は全く困らないもので……」

うーん、まぁ気持ちはわかる。俺も預金残高十二円だしな。

普通の人間は、経済的に詰むと犯罪に走るしかないのかもしれない。

注文した蕎麦《そば》が運ばれてきて、俺は口に運ぼうとする。しかし手錠の都合があり片手で食べなければならず、非常に食べづらい。

それは心音《ここね》も同じらしく、心音はおずおずと口を開く。

「……あの、やっぱりこの手錠、外しませんか？　ご飯は美味《おい》しく食べるものだと思うのですが、どうしても手錠があると美味しく感じられないと言いますか、とても食べづらくて辛《つら》いのですが……」

「うるせえな。食べづらいのは俺だって一緒だっつーの。黙って食えよ」

俺は話を打ち切り、蕎麦を食べ始めた。

そして心音が蕎麦を食べ終わるのを待ち、俺は席を立つ。

「さて。そしたら移動するぞ。とりあえず人が多いところに行く。東京駅辺りがいいかな」

心音が首を傾《かし》げる。

「……えっと、司会の私がこんなこと訊《き》くのもあれなんですけど。このイベント戦は、他のプレイヤーに貴方《あなた》を狙わせるためのものです。普通は、狙われやすい人気の多いところは避けると思うんですが……」

「悪いが、俺は普通じゃないんだよ。天才の名探偵なんだ。あえて狙われやすいところに行って、とっとと他のプレイヤーが襲ってきてくれた方が、こんなクソゲー早く終わりにできるだろ」

そう言って俺はニヒルに口の端を吊《つ》り上げる。

何も恐れる事はない。

何が来ても全て返り討ちにする。それだけだ。


俺は心音を連れて電車に乗り、都心部に向かう。

デスタブのアプリなどを再確認する。

そのタブレット端末には当初の説明、ルールにあった通りデスゲーム用のＳＮＳや銀行アプリが入っていた。

ＳＮＳは一般的な大手ＳＮＳと全く同じシステム、インターフェイスであり、日常でＳＮＳを使っている人間は使い方に迷うことはなかった。

タイムラインを更新していると、他プレイヤーが出した殺人予告や、その結果の情報が流れてくる。

あと数時間おきに各プレイヤーのＧＰＳ情報、恐らくデスタブのＧＰＳだろう、それもタイムラインに流れており、当然プレイヤー十三番である俺の位置情報も流れていた。どこかに隠れ続けるのは厳しそうだ。

一番から六十番までのプレイヤーアカウントはリスト化されており、プロフィールにはそのプレイヤーのバストアップの写真が掲載されていた。

現在、イベント戦にて生け捕り対象の俺の写真もしっかり掲載されている。

このマーダーノットミステリーというデスゲームは、ルールを読む限りバトルロイヤル形式であり、普通の人間ならまず写真を見て、弱そうな奴《やつ》から狙っていく作戦になると思う。

先ほどのイベント戦の告知もあり、ほぼ確実に他のプレイヤー達《たち》は俺のプロフィールを確認している。ジェノサイド江戸川《えどがわ》という意味不明な名前だが、俺の風貌は至って普通の男子高校生だ。弱そうだと判断されて、狙われるのは間違いない。

とは言え天才名探偵の俺を狙うなんて、笑える話だった。

やれるもんならやってみろっつーの。

正直、負ける気がしないんだが？　……とは思うものの、懸念材料が一つあった。今の俺には面倒くさい荷物がいる。

電車に揺られながら、俺は隣に座る面倒くさい荷物を見る。

「……もう一度、念を押すんだが。デスゲームが終わったら普通に解放してやるし、あの悪趣味な拳銃も返してやる。だから俺の邪魔だけはすんなよ？」

心音《ここね》は怯《おび》えたような顔で答える。

「……えっと、それは大丈夫です。デスゲームの運営は勿論《もちろん》、司会も原則はプレイヤー同士の戦いに干渉しない事になっています。なので邪魔はしません……」

するとその時だ。

電車の前の車両から子どもが走ってきた。

そして俺達の前を通り過ぎようとした。すると突然、何も無いところで蹴躓《けつまず》き子どもが派手に転倒しかける。

「――――っと」

心音が迅速な動きで両手を出し、転ぼうとしていた子どもを受け止める。

……当然、心音と手錠で繋《つな》がる俺はその動きに引っ張られ、床に投げ出された。

電車の床に突っ伏した俺は、起き上がりながら心音に言う。

「あのさ～～～～～～～。たった今、俺の邪魔はしないって言ったばかりだろがッ!?」

俺が怒号をあげると、心音が縮こまる。

「……あ、あの。すいません。小さい子が転びそうだったのでつい……」

難を逃れた子どもは心音に、ありがとう！　と言って去って行った。

俺は苛立《いらだ》つが、今のは子どもが転びそうだったし、仕方ないか……と怒りを飲み込む。

俺はもう一度、念を押す。

「わかったよ、今のはいい。頼むから次に何か俺を引っ張りそうな時は先に言えよ。再三だけど、邪魔だけはしないでくれ」

「……そこは善処します。そもそも司会や運営が介入しちゃうとゲームが盛り上がらず、逆に私達《たち》が怒られてしまうので……」

「ゲームを盛り上げる？　このゲームは誰かの見世物か何かなのか？」

「……禁則事項です。言えません」

「いいじゃん、誰にも言わないから教えろよ。大丈夫バレないって。俺は探偵だから秘密は厳守するぞ」

「……貴方《あなた》のその首輪、TNT爆弾の他にGPS機能もそうですし、あと集音マイクと監視カメラの機能もついてます。なので全てデスゲーム運営に筒抜けなんです……」

「なにそれ怖い」

危ねえ。その情報は聞いておいて良かった。

完全にプライバシーの侵害だ。

後でホームセンターで防音シートを買ってぐるぐる巻きにして接着剤で固めようと思う。

とは言え、デスゲーム運営に情報が伝わるという事は、この首輪は通信を行う情報機器という事だ。

俺は自分の首輪の写真を撮って杏《あんず》に小声で訊《き》く。

「なあ。この首輪、ハッキングとかして外せないか？」

数秒後、インカムから杏が回答する。

『……ダメかも。今、兄のスマホから見たけど、特にブルートゥースとか無線の信号はないし。写真見る限り、外部接続するインターフェイスもないよね。詳しく調べないと解《わか》らないけど、独自開発の通信技術とかプロトコルとか言語とか、そういうシステムだと流石《さすが》の私も無理……。ちなみにデスタブとかいうタブレット端末は、一般に市販されているやつだからハック余裕』

ちっ、残念。そう簡単にはいかないか。

というか、この道では天才である杏がハッキングできない機器というのは、よっぽどだ。

俺は心音《ここね》を睨《にら》む。

「……ったく。面倒な機器だな。本当お前らはデスゲームとかいうクソゲーに全力を出しやがって」

俺がそう毒づくと、心音は上目遣いで声をあげる。

「……あの、一つお願いがあるんですけど……」

「あ？　なんだよ。拳銃なら無理だぞ」

「……それではなくて別の話なんですけど……。あんまり強い言葉を使わないで頂けると嬉《うれ》しいんですが。少し心が辛《つら》いです……」

あー本当に面倒くさい。

てか本当にデスゲーム司会なのか？　あの輸送機の時の人間と同一人物とは思えない。

しかしまた泣かれても敵《かな》わないので、俺は折れる。

「わかった。気をつけるよ」

しばらく心音《ここね》と行動を共にするのは避けられず、良好な人間関係を築いておくのが望ましい。心音を力ずくで従えるつもりもなかった。心音に心変わりされて、足を引っ張られたら流石《さすが》の俺も戦えない。

ただ、問題がある。

その良好な人間関係を築くという行為が、コミュ力のない俺にとっては連続殺人犯を捕まえる事よりも遙《はる》かに難易度が高かった。

家族を除いて、良好な関係を維持できた他人は生まれてこの方、二人しかいない。そのうち一人はセブンだ。

まぁ、そこが俺の問題点なのはわかっている。

あーわかってるよ。そんな話は。

……努力するしかないんだろ。できるかは解《わか》らないけどな。

俺が色々と諦めて内心で溜息《ためいき》を吐《つ》いた頃、乗っていた電車が東京の都心部に入った。

そろそろ生捕予告が来そうだと、俺の直感がそう告げていた。

日本の首都、東京。

日本全国で最も防犯カメラや交通など、ありとあらゆるシステムが密集している場所だ。

何でもありの無差別級の情報戦で、俺の妹、横溝杏《よこみぞあんず》が最も才能を生かせる立地である。

俺はインカム越しの杏に言う。

「杏、ここからは頼むぜー。正直、大分お前に頼ると思う」

すると杏が欠伸《あくび》で応じる。

『……兄、私なんか眠くなってきた……』

「頼む杏。起きてくれ」

『……お腹《なか》も減ってきた……ひもじい……』

インカム越しの杏は、弱々しくそう呻《うめ》いた。

……大丈夫かオイ。

俺は一抹の不安を感じる。

まぁ何とかなるだろ。

停車駅で電車が止まり、扉が開く。

すると疲れた顔のサラリーマン達《たち》が大量に乗り込んできた。

4章『瞬殺推理《ワンターンキル》』

マーダーノットミステリーに参加しているプレイヤーの首につけられた銀色の首輪。

それは源氏《げんじ》ホールディングスの軍事兵器開発部門が製作した次世代型のカメラやマイクが内蔵されており、世間に出回るものよりも遙《はる》かに高い精度でプレイヤー周辺の風景や音声を撮影・録音していた。

なのでデスゲーム運営やその観客達《たち》はデスゲームの様子を臨場感をもって観戦、視聴できるようになっている。

しかしここで突然、プレイヤー十三番の映像と音声が全て途絶えた。

首輪が破壊された訳ではない。

都心部に戻った碧《あお》は、ホームセンターで防音シートと瞬間接着剤を購入。首輪をぐるぐる巻きにして瞬間接着剤で固めたのだ。

とても碧らしい行動で、僕は思わず苦笑する。

どれだけ高性能なカメラやマイクでも、こうされるとどうしようもない。

これで碧の首輪から情報は得られない。

後は他のプレイヤーの首輪から、碧を追うしかないだろう。

しばらくして、デスゲーム運営の管理システムに通知が入る。

【プレイヤー九番が十三番に生捕予告を行いました！】

どうやら、ついに碧が他プレイヤーに狙われたようだ。


東京駅構内。

縫うような雑踏の中、柱の陰にプレイヤー九番は潜んでいた。

プレイヤー九番、本名は神田弘《かんだひろし》。四十歳男性で都内在住の普通の会社員だ。

デスゲーム運営による事前の身辺調査によると、彼はギャンブル依存症であり給料だけでは足らず消費者金融にて借入を行い、ギャンブルに費やしていた。

そして首が回らなくなり、借金返済のためにこのゲームに応募、参加していた。

九番の視線の先には、碧と思《おぼ》しき制服の少年の姿がある。

イベント戦の標的である碧を東京駅構内で発見した九番は、ずっと尾行していた。

九番の手には、東京駅に来る前にホームセンターで購入した金属バットが握られていた。

柱の陰で、肩で呼吸をしながら九番が独りごちる。

「……あ、あの子どもで間違いない……。あれを捕まえれば三十点。一点百万円だから、三千万円あれば借金が返せるんだ……！　もう俺にはこれしか方法がないんだ……！」

そう言い聞かせるように九番は金属バットを握りしめ、柱の陰から飛び出した。

白昼堂々、碧《あお》を金属バットで殴り倒すべく駆け出す。

――が、その時だった。

突然、九番のスマホが鳴る。

慌てて襲撃を中断した九番は、付近の柱の陰に再び隠れた。そして電話に出る。

すると電話の向こうから碧の声が響く。首輪につけられたマイクが、その声を拾った。

『――よおプレイヤー九番。いや、神田弘《かんだひろし》さん。どうだデスゲームの調子は。俺か？　俺は今お前がまさに狙っているプレイヤー十三番だよ』

本名を言い当てられ、九番は凍りつく。

電話越しの碧は続ける。

『――神田さん。お前さ、調べるとすごい借金あるんだな。返済で苦しいのは解《わか》るけど、強盗とか人殺しみたいな犯罪をやったことないだろ。悪いことは言わないから止《や》めとけって。アンタ、ただの凡人で犯罪者の才能ないぞ』

九番は震えながら声を絞り出す。

「お、お前はなんで……俺の名前を知ってるんだ……？　しかも何で俺の借金も知っている!?　そもそも、なんで俺のスマホの番号を知ってるんだよ!?」

九番は完全に混乱した様子であった。

無理もない。今まさに襲おうとしていた相手から電話がかかってきて、本名は勿論《もちろん》、経済的な事情まで言い当てられたのだから。

碧が鼻先で笑う。

『――そうビビんなって、簡単な話だよ。これはデスゲームで誰かを殺すには道具がいる。当然そこで道具を買うので金が動く。

俺はまず、東京にあるホームセンターの今日の購買履歴データを調べて、殺人事件で使われそうな道具……縄や包丁、あとは金属バットとか、そういうのが購入された履歴を調べた。

今の時代、企業は消費者購買履歴を集計するマーケティングのシステムを導入していて、どんな人間が何を買ったか集計される仕組みになっているんだ。

それで調べたら金属バットを買った奴《やつ》がいて店の防犯カメラに、お前の顔があった訳だ。プレイヤーの顔は全員が解るようになっているからな。それでお前、金属バット買うのにクレジットカード使ったろ？　馬鹿だな。後はクレジットカード会社ハッキングして、本名、電話番号、住所を割り出した。個人信用情報から借入状況も把握した。ああ、あと尾行もっと上手《うま》くやれよ。下手くそなんだよ。幼稚園児でも気づくわ』

九番が悲痛に叫ぶ。

「……嘘《うそ》だ！　そんなことできる訳がないッ！」

「そう言われてもな。そういうのができる天才が世の中にはいるんだよ。ま、才能のない人間にはわからないだろうけど。繰り返すけどアンタ、マジで才能ないよ。無駄死にするぐらいなら、さっさと脱落しとけって」

と。その碧《あお》の声はスマホからではなく、九番の背後から響いていた。

気がつくと九番の背後に碧がいる。

「ほい。まず雑魚一人」

スタンロッドが突き刺され、九番が駅の床に沈んだ。

手にしていた金属バットが、乾いた音を立てて転がる。

◆

【防衛成功！　おめでとう！　六点の獲得です！】

俺のデスタブに、そんな通知が入った。

手持ちの点数が十七点となる。

俺は気絶させたプレイヤー九番からデスタブを奪う。

九番は俺の生け捕りに失敗したため減点、点数が残り六点となっていた。

マーダーノットミステリーのルール的には、〇点になるか死なない限り首輪は爆発しない。

俺は九番に手錠をかけて拘束する。

そんな時、俺の制服の上着を着た中学生が駆け寄ってきた。

……要するに東京駅にて九番の尾行に気づいた俺は、付近にいたこの中学生に囮《おとり》を頼んでいた。俺の上着を着て目立つ場所を歩くだけの簡単なバイトである。

上着を返してもらい、バイト代で五千円を渡すと中学生は喜びながら去っていく。

隣の心音《ここね》は唖然《あぜん》としていた。

「……何なんですか今の？　殺人事件で襲われる前に犯人を倒す、探偵が先制攻撃するのってアリなんですかね……？」

俺は応じる。

「もちろんアリだろ。事件を推理で解決すると言っても種類があってだな。今のは探偵クラスタで言うところの、瞬殺推理《ワンターンキル》っていう探偵スキルだ」

「……探偵スキルって何です？」

「探偵スキルは要するに、特殊技みたいなもんだよ。瞬殺推理は文字通り、事件が発生する前に犯人を推理して倒してしまう技だな。別に俺の専売特許ではなく、俺も他の奴《やつ》がやっているのを真似《まね》てアレンジしてるだけだ。まぁそんな感じで、偏《ひとえ》に推理するって言っても、色々と手法があるんだよ」

「……ちなみに他にはどんな推理方法があるんですか？」

「有名なところで安楽椅子探偵、遠くから情報のみで事件を解決してしまう遠隔推理《リモートワーク》とか、後はそれらしい嘘《うそ》をでっち上げて事件を解決したことにしてしまう空想推理《ストーリーテラー》なんて技もある」

「……嘘をでっち上げるとかって、探偵として良《い》いんですか？」

「良いんだよ。依頼人とか被害者が満足する結末なら。……まぁ個人的には、やっぱり瞬《ワン》殺推理《ターンキル》が被害者も全く出さずに事件を解決してしまえる手法だから、これがお勧めだ」

「……いや、お勧めされても普通の人間にこんなのできないと思うんですけど。貴方《あなた》なんなんです？」

「だから俺は至極普通の天才名探偵だっつーの。ちなみにツイッターはフォロワー十万を超えてるアルファツイッタラーだ」

「……その最後の情報いります？」

　確かに最後のはただの自慢だ。

　まぁ得意げに話したが、瞬殺推理は杏《あんず》の情報収集能力があってこその技だった。俺一人ではできない。

俺が直感や推理で事件や謎を解決できる才能を持っているのと同じように、杏は情報システムや機器のバグやパスワードを直感や推理で当てられるというチートとしか言いようのないスキルを持っている。

杏にハッキングできないシステム、情報機器はこの世界にあんまり無い。

ぶっちゃけ、このマーダーノットミステリーとかいうクソゲーも、俺と杏なら楽勝だと思う。

俺がデスタブで加点された持ち点を確認していると、デスゲームSNSは殺人予告だけではなく、他のSNSと同様に普通の日記のような投稿もできることに気づいた。

折角《せっかく》なので俺は、倒した九番の写真を撮り、

『まずは一人。うぇ～い、デスゲーム運営見てる～?』

というコメントと共に写真をデスゲームSNSに投稿した。

◆

その日の夜。再び碧《あお》を狙うプレイヤーが現れた。

プレイヤー三十四番。彼は普通の社会人ではなく、海外の民間軍事会社に在籍、紛争に参加した経歴を持つ傭兵《ようへい》だった。本名は尾野清道《おのきよみち》。

三十四番はこれがデスゲームだと知った後の行動が非常に的確だった。

碧《あお》とは別グループで最初のイベント戦に生存、その後は手持ちの点数一点を百万円に換金。日本で銃火器の密売をしている友人に連絡をとりスナイパーライフル、VSSヴィントレスを購入。金を振り込むのと同時にライフルを受け取った。

そしてやはり友人が経営している興信所、要するに探偵に捜査を依頼して、碧が今夜泊まるビジネスホテルと、その部屋を割り出していた。

そのビジネスホテルの向かいには同じくビジネスホテルがあり、三十四番はそこに部屋をとる。

部屋に入って三十四番がベランダに出ると、道路を挟んだ向かいに碧が今夜泊まっているはずの部屋が見えた。

手すりに体重を預けて、三十四番は独り言を呟《つぶや》く。

「……条件は生け捕り……だから狙いは足か肩か。まぁ手元が狂って死んじまったらそん時は残念……ってとこだな」

三十四番はベランダの手すりに銃身を置いた。スコープで碧の部屋を覗《のぞ》く。

碧が既に一人のプレイヤーを返り討ちにした情報はSNSのタイムラインに流れており、生存している全プレイヤーが把握している。

三十四番はそんな碧を警戒して、狙撃で倒すつもりのようだ。

まだSNSで予告は出していない。まずはビジネスホテルのベランダに碧を誘《おび》き出し、照準を定めた後に予告を出すつもりだろう。

イベント戦の達成条件は碧の生け捕りで、無傷である必要はない。足でも肩でも負傷させて無抵抗にしてから安全に捕まえる算段らしい。

三十四番は煙草《たばこ》を吸って深呼吸した後、

「……それじゃ始めるか。悪いな少年、お前に恨みはないが、俺に狙われたのが運の尽きだったな」

と呟いた後に再びスナイパーライフルを構えた。

三十四番はまず、眼下の道路で走っていた自動車を狙い撃つ。VSSヴィントレスは消音狙撃銃であり、大きな発砲音は上がらない。

タイヤを撃ち抜かれた自動車は制御を失って信号機に衝突。破壊的な音を盛大に立てて、わかりやすい事故が発生した。

通行人は勿論《もちろん》、ビジネスホテルの利用客も事故を見るために続々とベランダに出てくる。

三十四番はデスタブを片手にスナイパーライフルのスコープを覗き込み、碧がベランダに出てくるのを静かに待つ。

そしてついに碧の部屋のベランダ、その窓が開いた。

三十四番はデスタブで碧に生捕予告を出す。そして引き金に指をかけた。

と、その時だ。

唐突に電話が鳴る。

それはビジネスホテルの部屋に備え付けられている電話機だった。

狙撃を中断、三十四番は不審そうな声色で電話に出た。

そして受話器から碧《あお》の声が響く。

『――よおプレイヤー三十四番、尾野清道《おのきよみち》さんよ。俺はお前が今まさに狙撃しようとしている十三番だよ。お前は凄《すご》い良い線《い》いってたな。このデスゲーム、アンタは勝ち抜けると思うぜ。まあ俺がいなかったらの話だが』

「……なん…だと……」

三十四番は驚愕《きょうがく》、咥《くわ》えていた煙草《たばこ》を床に落とした。

碧は言う。

『――お前の大きなミスは、お友達作りに失敗したこと。具体的にはライフルを買う人間を間違えたな。なんで名前や犯行がバレてるのか聞かれる前に答えてやるけど、お前はデスタブで点数を換金、コンビニのＡＴＭで金を下ろしただろ。換金するときに使った銀行アプリは、都内にある金融機関のアプリだ。

俺はこのデスゲームで銃火器を買うために点数を換金してる奴《やつ》が絶対にいると思って、銀行の勘定系システムをハッキングして、本日この銀行アプリで百万円以上の払い戻しをした取引を調べた。それでコンビニの防犯カメラの映像と突き合わせて、お前を特定。それでお前、金を下ろした後にすぐ、よそに四十万円の振り込みをしただろ。今度はその振込先の口座の持ち主をハッキングで調べて電話番号を特定、今してる電話みたいな感じで脅迫したら、あっさりとお前の名前もスナイパーライフルを売ったことも吐いたよ。

で、購入したのがスナイパーライフルならやることは狙撃しかない。俺が今晩泊まるビジネスホテルの向かいには、狙撃がやりやすそうなビジネスホテルが丁度ある。そこのホテルの予約履歴を調べたら、お前の名前があった……だんだん面倒になってきたから、説明はこんぐらいでいいか？』

三十四番は何も言わない。凍りついたように硬直していた。

碧の言葉は続く。

「後学のために教えといてやるが。なんかお友達の探偵とかも雇っていたみたいだけど、友達が多いところで良いことなんて一つもないぞ。友達っていうのは一種の弱点なんだよ。だから友達が多い奴ほど弱点が多いクソ雑魚ってことだ。そんな人生イージーモードな奴に俺が負ける理由はない。それじゃ、そういうことで」

……その碧の言葉は、やはり三十四番がいる部屋の奥から聞こえた。

三十四番が振り向くが、もう遅い。

碧《あお》がスタンロッドを突き刺す方が早かった。

三十四番が床に倒れる。

◆

【防衛成功！　おめでとう！　六点の獲得です！】


「……才能の暴力ですよ、こんなの……」

綺麗《きれい》に決まった俺の瞬殺推理《ワンターンキル》を見て、心音《ここね》は茫然《ぼうぜん》自失《じしつ》気味にそう言った。

手持ちの点数が二十三点となる。

俺は気絶した三十四番を手錠で拘束、台車に乗せて搬送する。心音とビジネスホテルの自分の部屋に戻ると、そこには俺が出前を頼んでいたピザの配達員が来ていた。

……ちなみに出前を頼む際に、部屋の鍵を掛けずにベランダにいるからビジネスホテルの部屋に入って窓を開けてほしい、と依頼をしてあった。

俺は代金を払い、ピザを受け取る。

配達員が去った後、ピザの箱を開けて心音に言う。

「腹減ったろ。心音もピザ食って良《い》いぞ」

「……いえ、私は結構です……」

「いいから食えって。遠慮しなくていいぞ。昼間に蕎麦《そば》を食べたっきりだろ。お前が動けなくなると俺が困るんだよ。ていうかこれビジネスホテルの宿泊代もそうだが、お前の財布から借りた金だしな」

「……普通に泥棒じゃないですか。返して下さいよ……」

「あーそうだ。二人でピザ食ってる写真を撮って、ツイッターに投稿してもいいか？」

「……そんな事してどうするんですか？」

「女子とピザを食べてるってリア充アピールして、ツイッターでフォロワーを牽制《けんせい》する」

「……貴方《あなた》は一体、何と戦っているんですか？」

「俺は世界と戦っているんだよ。ＳＮＳってのはだな。キラキラした投稿をして、世界中の奴《やつ》らとマウントを取り合う戦場なんだよ」

心音の了解を待たず、俺は心音と写真を撮った。

そしてツイッターに投稿する。

◆

その日の深夜。碧に三度目の生捕予告が入った。

生け捕りを予告したのはプレイヤー五十五番、東郷琢磨《とうごうたくま》だ。

彼は反社会的組織の構成員、つまりはヤクザである。

碧《あお》を狙うやり方も、とても直接的だった。

まず五十五番は自分の所属する組織の仲間に連絡、デスゲームの事情を説明。仲間のヤクザを集めた。

SNSで定期的に発信されるプレイヤーの位置情報から、碧のいるビジネスホテルに当たりをつけ、深夜にもかかわらず仲間のヤクザとホテルフロントを襲撃。碧の情報を調べだした。

碧の部屋番号を割り出した五十五番は、その足で部屋に向かう。

五十五番は五人の仲間を引きつれており、数は六名。それぞれ拳銃や短刀で武装しており、そのまま暴力で碧を捕まえるつもりらしい。

拳銃でドアノブを破壊。そして碧の部屋に入る。

五十五番はドスの利いた声を張り上げる。

「オラァ十三番のクソ坊主！　ここにいるのは分かってんだ！　痛い目を見たくなかったら大人しく捕まれや！」

部屋の中はどういう訳か、水浸しであった。

六人のヤクザは気にすることなく部屋に入り、ベッドの上に座る碧と心音《ここね》を発見。そして取り囲んだ。

五十五番が口角から泡を飛ばす。

「てめえ、デスゲーム中だっていうのに部屋に女を連れ込むとはいい度胸だオラァ！」

碧が不敵に笑う。

「あー、お前らみたいな品格ない連中と話すつもりはないんだわ。生まれ直してから、また来てどうぞ」

碧が電流の迸《ほとばし》るスタンロッドを放る。

それが床に落ちた刹那、床が青白い閃光《せんこう》を発した。

床に撒《ま》かれていた液体は水ではなく、食塩か何かを混ぜていたのだろう。スタンロッドの電流が床を流れてヤクザ達《たち》が感電した。

次の瞬間には、死屍《しし》累々と六人のヤクザが床に転がる。

◆

【防衛成功！　おめでとう！　六点の獲得です！】

俺の点数が二十九点となる。

五十五番のヤクザとその仲間達《たち》を手錠で拘束。

動けなくした後、風呂場に蹴り入れた。風呂場にはこれまで捕まえたプレイヤー、他の二人も閉じ込めてあった。

デスゲームが終わるまで、全員で反省会でもやっていてほしい。

「よし。これで三人目っと……」

一仕事終え、俺がそう呟《つぶや》くと心音《ここね》が声をあげる。

「……倒した他のプレイヤーはどうするんです？　殺さないんですか？」

「そうだが？」

「どうしてですか？　殺さなかったら、もしも逃げられたらまた襲ってくるかもしれませんよ。もしかしたら今度は、自分が負けて不幸になる番かもしれない。そういう可能性は、一つでも摘んでおいたほうが良いのでは？」

不思議そうに聞いてくる心音。

幸福とか不幸とか、よくわからない事を気にするヤツだな……と思いつつ、俺は応じる。

「いやその時はその時で、また返り討ちにすればいいじゃん」

「……次もまた勝てるという保証はないですよね？」

「確かに保証は無いけど、勝てると断言はできるぞ」

「どうして断言できるんですか？」

「俺は天才なんだよ。何度挑まれようが凡人には負けないっつーの。次は負けるかもしれないとか気にするの、才能のない弱者の発想じゃん」

「…………」

「それに返り討ちにした相手は殺さないといけない、なんてルールがあるのか？　俺の見た限りないと思うが」

「……いやルール的に問題はないんですけど。あのあの、これデスゲームなんで、ちゃんと真面目にデスゲームやってほしいんですが」

「真面目なデスゲームってなんだよ」

「……そう言われると困るんですが……真面目なデスゲームって、何なんでしょうね……」

「よくわからないこと言ってないで、少し寝とけよ。これは俺の直感なんだが、今晩はあと二時間後にもう一人ぐらい襲ってくる気がしてる」

「……貴方《あなた》ほんとうに一体、何なんですか……？」

◆

そして碧《あお》の直感は当たる。

その二時間後。碧《あお》に次の生捕予告が出された。

プレイヤー二十五番。両手に大きなカッターナイフを持った、長身の女だ。

彼女は先月まで世間を震撼《しんかん》させていた連続猟奇殺人事件の犯人である。よほど自信があるらしく、

「こんばんわ～。殺人鬼だよ～」

と言って普通に碧の前に現れた。

対峙《たいじ》した碧は、驚いた声をあげる。

「あ！　お前。俺が先月に捕まえたカッター男じゃん！　カッター男だって言うから男だと思ったら実は女だったっていう叙述トリックかましてた奴《やつ》！」

長身の女は沈黙。しばらくして絶叫した。

「げぇぇぇぇ!?　お前、あの時の名探偵の曾孫《ひまご》ォォォッ!?」

「警察から逃げたのかよ？　お前も本当に懲りないな。なんだ、また俺にやられにきたのか？」

「すいませんでした。許して下さい。降参します」

二十五番は光の速さでイベント戦を放棄、碧に投降した。

◆

【防衛成功！　おめでとう！　六点の獲得です！】

点数が三十五点となる。

俺が手足を手錠で拘束すると、プレイヤー二十五番は泣き声をあげる。

「すいませんすいませんすいません、もうしませんせん許してください、だからもうあんな酷《ひど》いことはしないでお願い」

酷く怯《おび》えきった様子の二十五番に、心音《ここね》はジト目の視線を俺に向けてくる。

「……貴方《あなた》、この人に一体なにをしたんですか……？」

なんか勘違いされても嫌なので、俺は説明する。

「俺が先月にこいつを捕まえたのは、とある山奥の村でさ。事件を解決して警察が駆けつけるまで時間があったから、もう二度と殺人なんてする気を起こさないように、こいつを逆さにして村の池に沈めたんだ。死なない程度に。俺は名探偵だから凶悪犯罪者の更生やアフターフォローまで考えている」

「……なんかそれっぽい言葉を並べていますけど。それ、ツイッターでバズるための写真を撮りたいから沈めただけですよね？」

勘の良《い》い奴は嫌いだよ。心音の指摘に俺は何も答えない。

心音《ここね》は続ける。

「そういえば貴方《あなた》、名探偵の曾孫《ひまご》なんですか？」

特に隠すような話でもなく、俺は首肯する。

「そうだよ。俺は昭和の探偵、横溝三郎《よこみぞさぶろう》の曾孫だ。……なんだよ。何か文句でもあんのか？」

俺が鋭い視線を向けると、心音が顔を伏せた。

「……いえ。文句とかそういうのではなく。家が裕福そうで羨ましいなって思っただけで……」

「あ？　言っとくけど、俺の家の預金残高は十二円だ。十二円が羨ましいか？　駄菓子十二円分ぶつけんぞ」

「……逆にどういう生活をすれば十二円しかない状態になるんですか……？」

「それを説明すると校長先生の話より長くなるから、また今度な。そんな事より今晩はもう何もないと思うから、俺は朝まで少し寝るわ。それじゃ、おやすみ」

俺がベッドに横になろうとすると、心音が慌てた様子で言う。

「ちょちょ、待ってください。手錠があるので、このままだと同じベッドで一緒に寝る形になるのですが……」

「はあ？　何で俺とお前が同じベッドで寝ないといけないんだよ。寝る時ぐらいパーソナルスペースを考えろよ。俺のサンクチュアリに入ってくんな。俺からできる限り離れてくれ」

「えーと……手錠で繋《つな》いだ状態でできる限り離れろって、話が滅茶苦茶《めちゃくちゃ》では……」

「俺はベッドで寝るから。お前はベッドの下の床で寝ればいいじゃん」

「え、逆では？　普通こういうの」

「悪いな。俺は普通とか常識には囚《とら》われない。じゃ、おやすみ」

不満げな顔をしている心音と話すのが面倒になり、俺は話を打ち切った。

ベッドに横になる。それから心音は床で寝ようと色々と試行錯誤している様子だったが、暫《しばら》くして諦めたらしい。

心音が弱々しく声をあげる。

「あのぅ……床はとても辛《つら》いので、私も一緒にベッドで寝てもいいですか……？」

自分で言っておいてなんだが、確かに床で寝ろというのは可哀想《かわいそう》だったかもしれない。

俺は横になったまま応じる。

「好きにしてくれ」

瞼《まぶた》を閉じると、すぐに睡魔は訪れた。

翌朝。腹が減って俺は目を醒《さ》ます。

近くのコンビニに朝食を買いに行こうと思い、俺はベッドから抜け出そうとする。しかし隣で心音《ここね》が爆睡しており、手錠の都合で俺は動けない。

「心音、起きてくれ。飯を買いに行きたいんだが……」

声を掛けて肩を揺らすと、心音がようやく反応する。

寝ぼけ眼を擦《こす》りながら、心音が口を開く。

「……すいません、眠すぎて動けません。昼前ぐらいには起きますから、もう少し寝かせて下さい……」

そう言い残しスヤァ……と再び夢の世界へ戻っていく心音。

俺は再び心音の肩を揺さぶる。

「おい寝るなって！　睡眠不足なのは解《わか》るが今はデスゲーム中だろ。デスゲーム司会が昼まで寝てる訳にはいかないだろ！」

そう声を掛けるも、デスゲーム司会の心音は寝たままだ。

何の緊張感もなく幸せそうに眠る心音。

……色々大丈夫か？　つーか心音にデスゲーム司会なんて務まるのか？

なんか逆に心配になってきた。

結局、手錠の都合もあり、俺は寝たままの心音を背負ってコンビニまでパンを買いに行く。その頃には辛うじて心音も目を醒ましていた。

ビジネスホテルの部屋にて、朝食のパンを食べながら俺は心音に訊《き》く。

「なあこのマーダーノットミステリーとかいうデスゲームさ。ルール眺めて思ったんだけど、殺人予告して失敗したら五点減点、防衛側は六点加点なんだろ。それならさ、他プレイヤーのデスタブを奪い取って、俺に生捕予告出すだろ。んで何もせず時間経過で自動的に俺が防衛成功、他プレイヤーは五点減って俺は六点増える。そんで次に今度は、俺がそのプレイヤーに殺人予告を出して時間経過で殺人失敗、俺が五点減ってそのプレイヤーが六点増える……これって交互に繰り返したら、点数を増殖できないか？」

隣で朝食を食べていた心音が困った顔をする。

「……ええっと。通常の場合、プレイヤーが敗北した時点でデスタブはデスゲーム運営がリモートでロックを掛けて操作できないようにします。……ただ、貴方《あなた》みたいに生け捕りにしていると、まだ死んでも敗北もしていませんし、どうなんですかね……前例がないと思います……」

心音も解らないようだった。

試しに俺はプレイヤー二十五番から奪ったデスタブで試す。

俺に生捕予告を出して、そのまま三十分経過で俺は防衛に成功。六点増える。今度は俺のデスタブから二十五番に殺人予告を出して時間経過。俺は五点減って二十五番は六点増える。結果として合計の点数が一点、増えている。

俺の予想通りだった。

デスゲーム得点増殖法が発見された瞬間である。

俺は言う。

「このマーダーノットミステリーとかいうクソゲー、考えた運営は頭が悪いだろ……。しかも一点で百万円がもらえるんだろ？　お金が無限にもらえるじゃん」

「いやー……そもそもデスゲームで、そういう事をやろうとする人間がいることが想定の範囲外と言いますか……」

◆

当然、碧《あお》の得点増殖行為はデスゲーム運営も掴《つか》んでいた。

会議室で煙草《たばこ》の黒服が叫ぶ。

「ダメ！　絶対！　それだけはやっちゃ駄目なやつ！　あのクソガキが倒したプレイヤー全員のデスタブを遠隔でロックしろ！　あと警告を出せ！」

坊主頭の黒服が慌ててパソコンを叩《たた》き、システムにて碧の持つ他プレイヤーのデスタブをロックする。

◆

「あ、動かなくなった」

二十五番のデスタブが急に操作できなくなり、俺は呟《つぶや》く。

ついでに俺のデスタブに通知が入った。

貴方《あなた》の行為は不正です。ただちに止《や》めて下さい。警告に従わない場合は処刑します……

とデスゲーム運営から警告が入っている。

俺は鼻先で笑う。

「なーにが処刑だよ。やれるもんならやってみろって言うんだクソボケが。おい杏《あんず》、このデスタブのロック、ハッキングして外して動かせるようにしてくれ。首輪はダメでもタブレット端末はいけるんだろ？」

ボイスチャットで杏が応じる。

『おけおけ。ついでにその得点増殖法なんだけど、タイパよくできるようにプログラムで自動的に実行するツールを組んだ。後は放っておけば寝てるだけでゲームクリアしないギリギリまで点数が増える』
杏《あんず》のハッキングでロックが解除され、二十五番のデスタブは再び動かせるようになる。
二十五番のデスタブ画面を見ると、もはや俺が操作する必要はなく自動でプログラムがSNSを動かしていた。

全自動デスゲーム得点増殖、永久機関の完成である。


「杏、お前さ。本当にいい仕事するよな。ズルすることにかけては世界で一番のお姫様だと思う。惚《ほ》れ惚《ぼ》れする」

『そんな褒めるなよ兄、照れるぜ』

珍しく、ボイスチャットの向こうで杏が恥ずかしそうな声をあげた。

半分皮肉で言ったんだが、杏が嬉《うれ》しそうなのでヨシとする。

俺は話を戻す。

「……このゲームってルール見る限り時間切れになると上位五人が生存で、同点同順位は全員セーフなんだろ？　だったら全プレイヤーを倒してデスタブを奪って、この得点増殖法で点数を調整、全プレイヤー同点一位で時間切れを迎えれば全員死なずにクリアな訳だ」

心音《ここね》は応じる。

「……いやまぁ理論上はそうですけど……。え、本気でやるつもりですか？」

「俺は天才名探偵だぞ。――不可能はない」

と俺は決め顔でそう言った。

◆

会議室にて坊主頭の黒服が独りごちるように言う。

「これは酷《ひど》い」

……正直、僕も同じ感想だった。

これは酷い。そうとしか言いようがない。

デスゲームは完全に碧《あお》の独擅場《どくせんじょう》となっていた。もはやデスゲームの体を成していない。

煙草《たばこ》の黒服が叫ぶ。

「こんなの絶対おかしいよ!? 最近の子どもはすぐにハックとかコスパとかタイパとか言いやがって！　これ普通に犯罪だろ！　詐欺とか泥棒とか、そういう類いの悪だよ悪！　あのクソガキを許すなッ！！！　誰か何とかしろ！　ううう っ……」

嗚咽《おえつ》を漏らす煙草の黒服。

そんな彼に天然パーマと坊主頭の黒服二人は、デスゲーム運営が何言ってんの、と言いたげな視線を送った。

天然パーマの黒服が言う。

「っていうかさ。殺人の失敗で五点減点、防衛側は六点加点……って、このゲームなんでこんなルールにしたんだよ？　両方とも同じ点数にしとけば点数増殖なんてされなかっただろ」

坊主頭の黒服が答える。

「運営側としてはプレイヤーには防衛ではなく、積極的に殺人予告をしてほしい……という意図があった。だからプレイヤーが殺人予告を出す精神的ハードルを下げるために、失敗したときの点数を一点分下げている」

「精神的ハードルとか、難しく考えすぎじゃねえの？」

そんな天然パーマ、坊主頭二人の黒服の会話の横で、煙草《たばこ》の黒服が床に崩れ落ちた。

そして煙草の黒服は、泣きだしてしまう。

「……こんなのチートだよ。なんなんだよ……デスゲームだから普通に殺し合ってくれよ……得点増殖とかバグ技みたいな事するの止《や》めてくれよ。お願いだよ……」

「あーあ、泣いちゃった……」

天然パーマの黒服は他人事《ひとごと》のように言った。

デスゲームはもはや、碧《あお》という天才もとい天災のせいで自由落下を始めていた。

そんな中、今まで黙っていたデスゲーム司会、心音《ここね》の妹の姫野由岐《ひめのゆき》がテーブルを叩《たた》く。

「私があのプレイヤー十三番を倒して、お姉ちゃんを助ければ良《い》いんですよね！　事件は会議室ではなく現場で起きています！　こうなったら私が出て行ってやっつけてきますです！」

姉が人質にされて責任を感じているらしい由岐。

幹部黒服の三人は誰も何も言わない。

由岐の提案した打開策は正しい。ルール上、プレイヤーに手が出せるのは司会だけだ。

正しいのだが、それが可能かどうかは別の話だ。

恐らく、幹部黒服達《たち》はこう考えている。

……由岐が行っても、人質が増えるだけな気がする……。

下手に由岐が介入しても、状況が悪化するのは目に見えている。

やる気満々な様子の由岐に、坊主頭の黒服が目で合図した。

天然パーマの黒服が頷《うなず》き、屈《かが》んで由岐に視線を合わせる。

「ほら由岐。仕事はオジサン達に任せて、由岐はゲームでもして遊んでようぜ」

「あ。私、ゲームやりたいですっ！　先週発売した新しいソフトがほしいです！　買ってくださいっ！」

「携帯ゲーム機のソフトだろ？　いいぜ、なんでも買ってやるよ。どうせ会社の経費で落とすしな」

「わーい！　ありがとうございますっ！」

目を輝かせた由岐《ゆき》は、そのまま天然パーマの黒服に連れられて会議室を出て行った。

二人の背中を見送った後、坊主頭の黒服は神妙な面持ちで顎に手を当てる。

「……ゲームのソフトって、経費で落ちるんだろうか……？」

5章『ツイッターと焼肉と装甲手袋《ガントレット》』

焼肉が食いたい。そういう気分の時って、あるよな。

東京都中央区銀座《ちゅうおうくぎんざ》。

心音《ここね》と共に銀座駅で降り、俺は目的の焼肉屋を発見する。見るからに高そうな外観をしている店だ。

店名は『松阪牛専科《まつさかぎゅう》』。そこは芸能人が通う店として度々SNSでも話題になる、有名な高級焼肉店だった。

躊躇《ためら》わず俺は心音をつれて店の扉を開ける。店員達《たち》が俺を見て、一斉に困惑した顔になる。

……まぁ高級焼肉店に制服姿の高校生とスーツとは言え同い年ぐらいの少女が来店するのは違和感バリバリだろう。俺自身めっちゃ浮いてると思ってる。

店員の一人が見かねて「お客様。この店は少し予算が必要なのですが……」と俺に声を掛けてきた。

俺は言う。

「要するに金は持ってるのか？　って話だろ。心配すんな。金ならある！」

と言って俺は、帯のついている百万円の束をポケットから出した。

唖然《あぜん》とした顔で固まる店員。

俺は百万円の束で店員の頭を叩《たた》く。

「おら客が来たんだから、さっさと案内しろっての」

流石《さすが》の店員もそれ以上は何も言ってこなかった。

中庭のある店内を案内され、俺達は個室に通される。

テーブルに置かれたメニューを見るが、達筆すぎて読めない。読めないメニューに何の意味があるのかと思うが、まぁ高級感を出すには必要なのかもしれない。

とりあえず俺は一番高いメニューにしようと思う。

まぁ高いとは言っても十万円ぐらいだ。

品目も多くはなく、メニュー表の全てを頼んでも八十万円ぐらいだろう。

迷わず、俺は全て注文する。

ツイッター映えを考えると、全品注文は譲れないところだった。

暫《しばら》くして無駄に豪奢《ごうしゃ》な皿に盛られた肉が大量に運ばれてきた。

店員が、これは松阪牛のA５ランクで……等《など》と説明をしているが、俺には全く興味がないので聞き流す。

飯は旨《うま》ければ、それで良《い》いんだよ。

俺がスマホでツイッターを確認。すると昨日の心音《ここね》とピザを食べている写真の投稿に、

――お前リア充じゃん！　陰キャって設定はどうした!?

――これは何かのトリックですよね？

――嘘《うそ》だッッッ！！！！　僕の気持ちを裏切ったな!?

……などとクソみたいな返事《リプライ》が沢山ついていた。主に日頃、絡んでいる名探偵クラスタの性格の悪い陰キャな面々である。

いい感じにフォロワーにマウントを取れて俺は満足する。とても愉悦だ。

追い打ちをかけるように肉の皿で埋まったテーブルの写真を撮り、俺はツイッターに投稿した。

ツイッターでやる事をやった後、俺は肉を焼いて口に運ぶ。

舌の上で肉が溶ける。芳醇《ほうじゅん》な赤身に、上品な脂質。豊かな肉の旨味《うまみ》が口の中に広がった。

……これは本気で旨いやつだ。

とはいえ、さすがに全品注文はやりすぎた。確実に俺一人では食い切れない。

俺は心音に勧める。

「心音も食えよ。てか食べて。ちょっと俺一人じゃ量が多すぎたわ」

「はぁ。じゃあ残すのももったいないですし、私も頂きます」

焼肉を食べた心音が目を輝かせる。

「あ！　このお肉、めっちゃ美味《おい》しいです！」

……なんか心音の嬉《うれ》しそうな顔、初めて見たかもしれない。

デスゲームにて点数の無限増殖法を編み出した俺は、一点百万円というルール通りに換金。無限に現金を得ることのできる俺は、ブルジョアな天才名探偵と化していた。

先ほどツイッターに投稿した焼肉の写真も、順調にバズり始めている。

腹も承認要求も満たされ、とても幸せな気分だ。心が裕福になる。

やはり現金。現金こそが正義。

ありがとう社会。

俺は焼肉と共に幸せを噛《か》みしめる。

その後、焼肉を食べながら俺が秋葉原《あきはばら》で箱買いしたＴＣＧの開封の儀をやっていると、インカムから杏《あんず》が話し掛けてくる。

『兄、お金なくなった。お金ほしい』

当然、功労者である杏にも現金は渡していた。

俺は応じる。

「さっき五百万円を送金したばかりじゃね？　使うの早すぎないか？　何に使ったんだ

よ」

『推しのVとソシャゲに課金したら秒で溶けた。兄、私お金大好き。もっとほしい』

「わーったよ。とりあえず肉を食い終わったらまたATMを探してお金は下ろしてくるから……」

俺達兄妹《たちきようだい》がそんな話をしていると、心音《ここね》がおずおずと声をあげる。

「あのー……一応これデスゲームなので、ちゃんとデスゲームしてもらわないと困るんですが……」

「え？　デスゲームって何だっけ？」

心音が泣きそうな顔になった。

俺は慌てて言い直す。

「いや冗談、冗談だってば。いやだってさー、もう全然誰も襲ってこないし。どうすっかなーと思って」

俺を標的としたイベント戦は、まだ継続している。

しかし昨日の夜を最後に、今日は誰も襲ってこなかった。

……たぶん、昨日やりすぎたんだと思う……。

デスタブのデスゲームSNSで、他プレイヤーの勝敗が解《わか》るようになっている。

あれだけ短時間で連勝してしまえば、当然、他のプレイヤーは警戒して俺を避けるだろう。

いやでも、これは少し困った。

こうなってしまうと、後は俺から積極的に戦いを挑むしかないのだが……なんていうか、とても面倒くさかった。

誰か襲ってきてくれたほうが楽でいい。

そう思うがこのデスゲームには制限時間があった。悠長にしていられる時間もそこまでなく、何とかしなければならない。

と、ボイチャで杏《あんず》が言う。

『そういえば兄、昨日頼まれた学生証のそこのソイツ、調べといたから送る』

……そこのソイツ？　たぶん心音のことだ。

杏からＤＭでテキストが送られてきた。

予想通りそれは情報収集の天才、杏による容赦のない心音の身辺調査の結果だった。

小中高の成績から病院の通院歴まで、洗いざらい調べられている。

その内容に目を通して、俺は思わず眉を顰《ひそ》める。

本名、姫野《ひめの》心音。両親は幼い頃に事故で他界。以降、親戚の家に預けられる。怪我《けが》で病院を受診した際に、家庭内暴力の疑いありと医師が警察に通報した経歴あり。

高校二学年時、クラスのイジメで不登校となる。現在、妹の姫野由岐《ゆき》と共に失踪中で、高校は休学扱い……等《など》という文字列が並んでいた。

……あ、これ普通に可哀想《かわいそう》なやつだ。

でも心音《ここね》が学校でイジメられるというのは、わかる気がする。心音はなんていうか怯《おび》えたウサギのような雰囲気があった。

当たり前の話だが、心音は普通の人間だった。生粋の犯罪者ではない。

恐らく何かしらの理由で巻き込まれて、デスゲーム司会をやっているだけなのだろう。

俺は手錠の先、隣で幸せそうに焼肉を頬張《ほおば》る心音に言う。

「……心音はなんでデスゲーム司会なんて続けているんだよ。さっさと辞めたら？」

「えっと、それは前にも少し言いましたが、家が貧乏なもので……」

「それはあれだろ。お前が妹と家出しているからじゃないのか？」

一瞬、空気が凍る。

微《かす》かな沈黙を挟んで、心音が口を開く。

「……私のこと、調べたんですか？」

「そりゃ俺は名探偵だからな。財布に学生証も入っていたし、お前の境遇は把握した。誰か周りの大人に言って、助けてもらえばいいじゃん。お前が妙に幸福だの不幸だの拘《こだわ》っている理由も予想つくんだが、だからと言ってデスゲーム司会なんてやっていたところで
――」

心音が俺の言葉を遮る。

「私の気持ちを事件みたいに推理するの、止《や》めて下さい……。他人なんて誰も助けてくれませんよ。貴方《あなた》みたいな、才能にも家にも恵まれている人間には、そうでない人間の気持ちなんて解《わか》りません……」

そう言われて俺は何も言えなくなる。

心音が続けた。

「……すいません。喋《しゃべ》りすぎました。私、黙りますので。これまで通り邪魔はしないようにしますので……」

それきり心音は沈黙。

空気が重い。

……なんだろう。コミュ力のない俺でも解る。

なんか地雷を踏んだと思う。

困ったなこれ。どうしよう。

とりあえず俺は焼肉を食うのを再開する。

さっきと違い、あまり旨《うま》くないように感じた。

その後、焼肉店を後にした俺は非常に困っていた。

ぶっちゃけ俺はどんな難事件でも秒で解決できる自信があった。しかし隣にいる心音《ここね》が、どうすれば機嫌を直してくれるのかは解決の糸口すら掴《つか》めない。

このままでは迷宮入り不可避。どうにかしたい。

「なあ心音。……心音さん……？」

焼肉屋を後にしてからというもの、話し掛けても無視されていた。

手錠で距離を置くこともできず、とても辛《つら》い。

どうしよう、これ。

困った俺はデスゲームのルールで、質問がある場合はデスタブからデスゲーム司会に問い合わせができる、といった話を思い出した。

デスタブの画面で電話のアイコンを叩《たた》くと、デスゲーム司会のものと思《おぼ》しき電話番号が入っていた。

試しに俺は電話をかけてみる。

すると心音のスマホが鳴った。

心音が、うんざりした顔で俺を睨《にら》む。

「……隣にいるんですから、電話かけてこないで下さいよ！」

「いやだって、話し掛けてもお前シカトするじゃん」

「……」

そしてまた黙る心音。

どうすればいいんだこれ……俺が唸《うな》っていると、それをインカム越しに聞いた杏《あんず》が訊《き》いてくる。

『どうしたの兄』

俺は小声で応じる。

「……いや、どうも心音を怒らせたみたいで。どうにか仲直りしたいんだが……」

『………』

杏は無言。返答はない。

……何なんだ杏も。心音の話になると、対応が冷たい気がする……。

セブンと連絡が取れない今、俺には相談できる相手がいなかった。後はもうツイッターの名探偵クラスタに聞くしかない。

俺はツイートする。

――友達（女子）を怒らせたようなんだが、どうすればいいですか？　誰か教えろ。

すると即座に、

――お金でもプレゼントすれば？

とクソみたいな返事《リプライ》がついた。

なんだコイツ。俺のアンチか？

と思いながらよく見ると、それは杏《あんず》のアカウントからだった。

実の妹が自分のアンチって最悪だなオイ。っていうかボイスチャットを繋《つな》いでるんだから、ツイッターでリプしてくんなよ。

さっき俺も似たような事をやった気がするが、自分の事は棚に上げておく。

いやー…でも流石《さすが》に現金はない。

それぐらいは友達のいない俺でも解《わか》る。

とは言え、心音《ここね》が杏と同じ人種という可能性も捨てきれない。

俺は試しに言う。

「なぁ、心音。お金やるよ。百万円ぐらい」

心音に、はぁ？　みたいな顔をされた。

俺は少し傷つく。

ダメだ失敗だ。やはり杏の意見を採用したのは過ちだった。

最近キラキラした投稿が多かったせいかツイッターでは、

――土下座して詫《わ》びを入れれば良いのでは？

――鉄板の上で焼き土下座しよう。

などクソみたいな返事も多数ついており、面倒くさそうなアカウントは全員ブロックを設定していく。ヤバそうな奴《やつ》を先行ブロックしておくのは、とても大事だ。

そんな作業をしていると、ようやく見知ったアカウントから返事がついた。名探偵クラスタのインフルエンサー、銀田一《ぎんだいち》さんからだ。

――ブランドモノのバッグをプレゼントするとかどうでしょうか？

悪くない意見だと思う。

ツイッターでも度々、彼氏からもらったブランドモノのバッグがー……といった趣旨のツイートを散見する。しかも丁度、俺達《たち》はいま銀座《ぎんざ》にいる。道路の両脇には数多くのブランドショップが並んでいた。

近くの店のショーウインドウを眺めながら、俺は展示されている高そうなバッグを指差す。

「よし！　心音《ここね》、なんかバッグ買ってやるよ！」

「いらないです」

そう冷たくあしらわれた。辛《つら》い。

これも失敗だったか……。

次の返事《リプライ》が来る。

これも名探偵クラスタのインフルエンサー、暗智《あんち》さんからだった。

――プレゼントという案は良いと思います。誕生日が近いなら、それを理由に渡すのがスマートですね。贈るものですが人それぞれ趣味があるので、その人が大事にしているものを参考に考えた方が良いかと。

ベストアンサーな気がする……！

杏《あんず》の身辺調査もあり、心音の生年月日も知っていた。偶然にも誕生日は丁度、今月だ。

心音の大事なものとは……と考えて、俺は真っ先にあの黄金銃が思い浮かんだ。悪趣味な複雑な装飾が施されたワルサーＰＰＫだ。

心音はああいう、趣味の悪い武器が好きなんだろうか？

俺は『装飾』『武器』で、ネットで検索する。

すると複雑な装飾の施された模造の西洋剣がヒット。

西洋剣の画像を見て、俺は思う。

……めっちゃ格好良《かっこい》い……！　他人にあげるのではなく、自分がほしいぐらいだ。

俺がそう思うので、きっと心音も喜ぶに違いない。

そう考えた俺は早速、ネットで注文する。

丁度、そういった模造剣などを専門で取り扱っている店が秋葉原《あきはばら》にあった。

販売サイトで、剣と一緒にチタン製の装甲手袋《ガントレット》もどうですか？　とメッセージが表示された。ファンタジーに登場しそうな装甲手袋で、こちらもとても格好良い。買う。

店頭での受け渡しに設定して注文、俺はその足で店のある秋葉原に向かう。困惑する心音を引きつれ、俺は沢山の武器を取り扱う店に入る。支払いを済ませて注文した品物の入ったダンボール箱を受け取る。

近くのファストフード店のテーブルにて、珈琲《コーヒー》を飲みながら俺は考える。

……プレゼント、どう渡せばいいんだ……？

普通に渡せば良いとは思うが、どうするのが普通なんだ？　そもそも普通ってなんだ？

誕生日プレゼントと言って渡すのも恥ずかしい。

さんざん葛藤した挙げ句、俺は心音に、

「それ、やるよ」

とダンボール箱を投げ渡した。

突然ダンボールを投げて寄越《よこ》され、心音《ここね》は困惑した顔になる。

「……はあ。よくわからないですが、くれるんですか？」

心音がダンボールを開ける。

中から装飾剣と、チタン製の装甲手袋《ガントレット》が出てきた。

心音は目を点にする。

……恐らく、めっちゃ格好良《かっこい》い剣をもらって言葉が出ないに違いない。

俺はそんな心音の様子を見て満足した。

◆

会議室の幹部黒服達《たち》は一般客に扮《ふん》した部下にカメラを持たせ、碧《あお》達のいるファストフード店に潜入させていた。そのカメラ越しに、碧と心音のやりとりを見ている。

訳《わか》が解らないといった顔で煙草《たばこ》の黒服が口を開く。

「あのクソガキ、剣や手袋を投げ渡して。何のつもりなんだ……？」

坊主頭の黒服が答える。

「知らないのか？　恐らくこれは西洋騎士道の風習に則《のっと》った、プレイヤー十三番から心音様への宣戦布告だろう」

「どういうことだ？」

坊主頭の黒服が人差し指を立てる。

「中世の騎士道では、手袋を投げて渡すというのは相手に決闘を申し込むことを意味する。つまりプレイヤー十三番は、心音様と決闘するつもりのようだな」

「な、なんだって……!?」

ガタッ、と机の音を立てて煙草の黒服は驚いた。

モニターの向こう。心音も困惑した様子で暫《しばら》く固まっていたが、やがてスマホを取り出して調べはじめる。

そして心音が、ぎょっとした顔をする。

どうやら幹部黒服達と同様、西洋騎士道の風習の情報に行き当たったらしい。

携帯ゲーム機を手にここまで静かにしていた由岐《ゆき》であったが、姉の危機にさすがにゲームをしている場合ではないと思ったらしく、勢いよく机を叩《たた》く。

「このままではお姉ちゃんが死んでしまいます！　早く助けないといけないです！　私、ひとつ良い作戦を思いつきましたです！」

その発言に、三人の幹部黒服は一斉に由岐を見た。

そして由岐《ゆき》は言う。

「現場はハンバーガーのお店です！　こっそりハンバーガーと一緒にお姉ちゃんに武器を渡して、お姉ちゃんに倒してもらえば良《い》いと思います！」

三人の幹部黒服は、それができれば苦労はしねえ……ッ！　と言いたげな苦虫を噛《か》み潰したような顔になった。

と、ややあって天然パーマの黒服が何か思いついたらしく、顎に手を当てる。

「いや待てよ。あながち、隠れて心音《こね》様に武器は渡せるかもしんねーな……」

◆

ファストフード店にて。

俺が珈琲《コーヒー》を飲み終える頃、店内アナウンスが流れた。

――本日はご来店ありがとうございますです！　現在、当店はキャンペーンを実施しておりまして、対象の商品をご購入頂くと、当店オリジナルのキーホルダーがついてきます！

心音が反応する。

「……あの、私もお腹減《なか》ったので何か買ってもいいですか？」

「ああ勿論《もちろん》だ！　何でも食えよ」

数時間ぶりに心音とまともな会話ができ、俺は少し嬉《うれ》しくなる。

レジでハンバーガーを注文、心音がカウンターで品物を受け取る。例のキャンペーン対象らしく、キーホルダーがついてくる。

細長い煙草《たばこ》のような形状で、黒い線でニコニコマークみたいな目と口の描かれたキーホルダーだ。

「なにそれ。どういうデザインなんだよ」

俺が感想を口にすると、心音が反論する。

「可愛《かわい》いと思いますけど」

「そうか？　俺には全くそうは思えないが」

「それは貴方《あなた》がそう思うってだけの話ですよね」

……ん？

なんか心音が強気に戻った気がする……。

まぁいいや。確かに人それぞれ趣味がある。

とにかく心音が喜ぶなら、それでいいと思う。

◆

「やったー！　上手《うま》くいきましたです！」

心音《ここね》がキーホルダーをポケットに入れるのを見て、由岐《ゆき》が大歓声をあげる。

いま心音が入手したキーホルダーは、スティンガーという単発式の小型拳銃、要するに煙草《たばこ》サイズの暗器だ。

碧達《あおたち》のいるファストフード店は偶然にも、源氏《げんじ》ホールディングスと取引のある店であった。そのため会社経由で圧力をかけて店のバックヤードに部下の黒服達が入り、強引にキャンペーン中という事にして、由岐の声の店内アナウンスを流したのだ。

……心音なら、妹の声を聴けば勘づくだろう。

そんな計画であったが、首尾良く成功したようだ。

後は隙を見て心音が碧に致命傷を負わせれば終わりだ。心音は戦闘能力も高く問題なく実行できるだろう……という考えだった。

と、ここで坊主頭の黒服のスマホが鳴る。

坊主頭の黒服はスマホの画面を見て、口を開く。

「……若紫様《わかし》に同行してる奴《やつ》らから連絡だ。若紫様、これからニューヨークを発《た》つらしい」

煙草の黒服が、煙を吐く。

「今ニューヨークってことは成田《なりた》への到着は十四時間後ぐらいか……。ひょっとして、ひょっとすると、何とか間に合いそうか……？」

その疑問に、坊主頭、天然パーマの黒服幹部達は揃《そろ》って首肯する。

若紫が帰国する前に碧から心音を奪還、そして若紫に土下座して謝る。それが最良の選択と思われた。

首の皮一枚で、命が繋《つな》がるかもしれない。

幹部黒服達の目には、そんな希望が灯《とも》っていた。

◆

夜が訪れる。

結局、今日一日東京を歩き回ったものの、誰からも生捕予告は来なかった。露骨に避けられている。

……明日からどうするか。まぁ明日、起きてから考えよう。

俺は眠かった。そろそろ限界である。

俺は欠伸《あくび》をしながらビジネスホテルに戻ると、今まさに手錠を外して脱走しようとしていたカッター男、長身の女と鉢合わせとなった。

お互いに「あ」という声が出る。

いや、どうやって手錠を外したんだコイツ。

問答無用でスタンロッドの一撃を叩《たた》き込《こ》み、俺はもう一度手錠で拘束した。

一仕事終えて、俺はそのままベッドに横になる。

手錠で繋《つな》がっているため、心音《ここね》と一緒に寝る形となるがこれはもうどうしようもない。

俺は心音に言う。

「朝まで寝るから。何かあったら起こしてくれ」

「あ、はい」

「あとそれと。ポケットにある昼間のキーホルダー、あれまだ使ってないから俺も何もしないが。変な気を起こそうとするなよ」

心音が息を呑《の》んだ。

沈黙を挟んだ後に、心音が口を開く。

「……なんで、解《わか》ったんですか?」

俺は鼻で笑う。

「昼間、店を出た辺りから露骨に瞬《まばた》きが増えた、視線が泳ぐようになった、呼吸の回数が増えた、あと口調が変わった……なんていうか企《たくら》んでるのがバレバレなんだよ。名探偵の俺を殺そうとするなんて百年早い。没収だ。早く出せ」

ちなみに裏はしっかりと取ってある。

心音の変化に気づいた俺は、杏《あんず》にファストフード店の監視カメラの映像を確認してもらった。すると店のバックヤードのカメラに、しっかりデスゲーム運営と思われる黒服達《たち》が確認できた。となると、店頭で心音が受け取ったものは怪しい。

俺は心音からキーホルダーを没収する。

予想通り、それは暗器だった。超小型の拳銃である。

スティンガー、シガレット・ガンと呼ばれる代物だ。

第二次世界大戦でイギリスの諜報《ちょうほう》機関が開発したもので、昔、俺が解決した密室殺人事件でこれを使った犯人がいた。

茫然自失《ぼうぜんじしつ》としている心音に、俺は言う。

「直球な話、心音は殺人犯の才能が全くねーよ。まだ今のカッター男のほうが才能ある」

しばらくして心音が声を絞り出す。

「……才能才能って、一体なんなんですか。これじゃあ本当に、才能のない人間はどれだけ努力しても貴方《あなた》に勝てないみたいじゃないですか……。貴方に解らないことは何もないって言うんですか……？」

そうだよ、この凡人が……と言いかけて言葉を飲み込む。心音《ここね》が涙目になっていた。

いや何で泣くんだよ。泣きたいのはこっちだよ。

あーもう、凄《すご》いやりにくい……。

心音の今の発言には、間違いがある。

俺は確かに天才だが全知全能ではなく、解《わか》らないことは沢山ある。例えば今、心音がなんで泣いているのか解らない。

俺は頬《ほお》を掻《か》きながら聞く。

「あのさ、一つ教えてほしいんだけど。最初にも言ったけど。俺はお前に危害を加えるつもりはないし、デスゲームが終わったら普通に解放してやるって約束もしている。どうしてここにきて俺を殺そうとしたんだ？」

「……それは、貴方《あなた》が手袋を投げて寄越《よこ》すから。殺される前に、私も貴方を殺すしかないと思って……」

「あ？　なにそれ。俺は普通に誕生日プレゼントのつもりだったんだが」

「……はい？　私と決闘するつもりだったのでは？」

「どうしてそこで、そんな話になるんだよ。意味わからん」

よくわからないが壮絶な勘違いをされていたらしい。

だからさ、これだから他人と関わるのは嫌なんだよ。

心音が目を点にする。

「意味わからないのはこっちです。普通、女の子への誕生日プレゼントで装飾剣と装甲手袋《ガントレット》なんて贈りますか？」

「いや。俺だったらもらって嬉《うれ》しいから、心音も喜ぶだろうと思って……」

「貴方、馬鹿では？」

「うるせえな。俺はコミュ力のない引き籠もりなんだから、仕方ないだろ。さっきのやつ、いらなかったら俺がもらうから置いとけ。もういい、俺は寝るからな」

どうやら装飾剣のプレゼントも失敗だったらしい。

なんてこった、めちゃくちゃ考えたのに……。

深い悲しみに包まれた俺は、そのまま不貞寝《ふてね》する。

少しして心音が言う。

「……あの。あれ、私への誕生日プレゼントだったんですね。なんていうか、ありがとうございます……」

こういう時、どんな顔をすれば良《い》いのか解らず、俺はそのまま寝たふりをして何も答えなかった。

6章『鳳凰寺若紫の帰還』

翌朝。デスゲーム運営、幹部黒服達《たち》は東京の上野《うえの》で碧《あお》と心音《ここね》の姿を発見した。

上野のアメ横で碧と愉《たの》しそうに心音は買い物をしている。

煙草《たばこ》の黒服が沈痛な面持ちになった。

「……なぁ。俺の気のせいかもしれんけど。心音様、楽しそうにしてないか？　なんかあのクソガキと仲良くなってる気がする……」

天然パーマの黒服が髪を弄《いじ》りながら応じる。

「そりゃ心音様だって、デスゲーム運営なんて中年のオッサンと仕事するよりも、同い年ぐらいの男子と遊びに行った方が楽しいだろうさ」

「いやそうなんだけどさ。うん、それはわかるよ」

もう誰も昨日のスティンガーの話はしない。

失敗したのかは不明だが、今の心音を見る限り碧を闇討ちする気はなさそうだった。

煙草の黒服が両手を合わせて、天を振り仰ぐ。

「もう時間がない……。あと五時間で若紫《わかし》様が成田《なりた》に到着してしまう。マジでお願い神様仏様！　どうにかして心音様を奪還しないと困るんだ何とかしてくれ……！」

昨日、鳳凰寺《ほうおうじ》若紫がニューヨークを発《た》ったという一報から九時間が経過していた。もう時間もあまり残されていない。

と、そのとき坊主頭の黒服が慌てた様子で会議室にやってきた。

そして煙草の黒服に言う。

「悪いニュースと、酷《ひど》いニュースがある。どっちから聞きたい？」

「そういうのってさ。良い話と悪い話があるときの言い回しじゃないの？　何でもいいけどさ。で、悪いニュースってなんだ？」

「若紫様が成田についた」

「はぁ？　ちょっと意味わかんない。早すぎないか？」

「個人所有のプライベートジェットだしな。当然一般の旅客機よりも早い。……それで酷いニュースの方なんだが。若紫様が直々にゲストを連れてきている」

「ゲスト？　誰かアメリカから連れてきたのか？」

「エース・テイラー」

その名前は鳳凰寺若紫と同格、世界を支配する九人の権力者《パワーナイン》である米国人の名前だった。

世界で覇権を握るソフト・ハードウェアを開発しているアメリカの超大手ＩＴ企業のＣＥＯ、つまりは最高経営責任者である。

鳳凰寺若紫と違いエース・テイラーは自ら新商品発表を行うなどメディアの露出が多く

日本でも知らない人間はいない。

煙草《たばこ》の黒服が煙を吐きながら、乾いた笑い声を出す。

「ははは、またご冗談を。知ってるだろ？　俺は下らないジョークが嫌いなんだ」

しかし坊主頭の黒服は真顔だった。

「俺が今まで一度でも冗談を言ったことがあるか？」

煙草の黒服が床に両手をつき、嗚咽《おえつ》を漏らす。

「……もうダメだ。おしまいだ。逃げるしかない……」

司会の心音《ここね》が拉致され、たった一人の男子高校生にデスゲームを台無しにされている。

この大失態だけでも若紫《わかし》に恥をかかせることになるが、このままではその恥をエース・テイラーの前でかかせてしまう事になる。

会議室に絶望感が漂い、天然パーマの黒服が呟《つぶや》く。

「どれだけ逃げても見つけ出されて酷《ひど》い死に方するのは俺達《たち》が一番よく知ってるだろ……で、どうすんだよ。若紫様が帰ってきた以上、二択しかない。プランA、どうにかして事実を隠し通す、プランB、正直に報告して土下座する、どっちにするんだよ」

立ち上がり、煙草の黒服はスーツの袖で涙を拭う。

「……馬鹿かお前、隠し通せる訳ないだろ。冷静に考えろよ。……プランBだ、あとは若紫様の機嫌が良いのを祈るしかない」

天然パーマ、坊主頭の黒服から異論はあがらなかった。

幹部黒服達はプランB、つまり若紫に土下座して謝る方針で腹を括《くく》ったらしい。

このデスゲーム観戦会場、地下施設は成田《なりた》空港から車で一時間ほどの場所にあった。車ではなくヘリで移動したら、三十分ほどで着くだろう。

もう時間はない。

断頭台に登る囚人のような顔つきで、幹部黒服の三人は会議室を出た。

若紫を迎えるため地下施設の玄関口に向かう。

そして三十分後。若紫は観戦会場へと到着した。

幹部黒服達が直立不動でその時を待つ。

大きな玄関扉が開け放たれ、メイド服の少女が現れた。鳳凰寺《ほうおうじ》若紫の御付《おつ》きである。

続けて多数の黒服と軍服を纏《まと》う少女を従えて、鳳凰寺若紫が現れる。

それは十二歳ぐらいの少女の風貌をしていた。純白のドレスを纏い、絹糸のような漆黒の髪には深紅のリボン。そして巨大な赤真珠の髪飾りが燦然《さんぜん》と輝いている。

少女が多数の大人を従えて現れるという、異様な光景。

若紫が前に来るなり、幹部黒服達は九十度に腰を曲げて頭を下げる。

煙草の黒服が大きな声で言う。

「若紫様。お疲れ様です！」

足を止めた若紫《わかし》は妖艶に微笑《ほほえ》む。

「あらあら、みんなお仕事ご苦労さま。どうしたの？　みんなそんな畏《かしこ》まって。そうそう、お土産にケーキを持ってきたの。みんなで紅茶でも淹《い》れて食べましょう」

「はっ！　ありがとうございます！」

「それでゲームの方はどうかしら？　今どんな状況なの？」

若紫に問われて幹部黒服は全員、固唾を呑《の》んだ。

そして煙草《たばこ》の黒服は報告する。

「異常ありません！　マーダーノットミステリーは計画通り順調に進んでいます！」

ちょ、お前さっきと言ってる事が違うじゃねえか！　プランBはどうした！！！

……と言いたげな顔をして、物凄《ものすご》い勢いで天然パーマと坊主頭の黒服二人が、煙草の黒服をガン見する。

そんな二人の様子を、若紫は見逃さなかった。

若紫は優しく笑う。

「貴方達《あなたたち》、何か隠してるでしょ。何があったの？　ほら絶対に怒らないから」

「まさかそんな、若紫様に隠し事なんてとんでもない！」

怖《お》じけづいたのか、この期に及んで白を切る煙草の黒服。しかし完全にその挙動は不審だった。額には大量の汗が浮かび、誰がどう見ても嘘《うそ》だと解《わか》る。

若紫《わかし》が目を細める。

「ふぅん。そういえば話は変わるんだけどね。うちの軍事兵器開発部門が、新しい玩具《おもちゃ》を開発したんだけど……」

若紫は指を鳴らす。

すると玄関扉から小さなタイヤのついた配膳台のようなモノが走ってきた。ディスプレイのようなモノもついており、大手ファミレスで導入されている配膳ロボットと形状が酷似している。

幹部黒服達《たち》と若紫の付近で急停止して、その配膳台はスピーカーで喋《しやべ》る。

「――お呼びですかニャ！」

若紫が説明する。

「この子は弊社が開発中の猫型自動掃除ロボット試作機三号よ。愛称はネコネ君。ＡＧＩとまではいかないけど、ＡＩで自動的にゴミを判別して掃除してくれるわ」

「――お掃除するニャ！　がんばるニャ！！！」

「ねえネコネ君、嘘《うそ》を吐《つ》く人間ってどう思う？」

「――嘘吐きは社会のゴミだニャ！　粛清だニャ！」

「もしも目前のこの人達が嘘吐きだったらどうする？」

「――ぶっ殺してお掃除ニャ！」

動く配膳台、猫型自動掃除ロボの前面が開き、そこからライフルの銃口が飛び出す。さらに左右が開いて、ナイフブレードの付いた機械のアームが飛び出した。

幹部黒服達を切り刻むべく、ナイフブレードのアームが伸びる。

しかしナイフブレードよりも幹部黒服達のスライディング土下座の方が早かった。すんでのところでナイフブレードが停止。

そして幹部黒服達は、正直に現状を報告した。


「嘘でしょう？　私の心音《ここね》が、そう簡単に負けるはずないわ」

事情を知った若紫は、開口一番でそう述べた。

予想外にも若紫は激怒しなかった。

それ以上に、驚きが勝ったらしい。

若紫は幹部黒服達の責任については触れない。幹部黒服達は胸を撫《な》で下《お》ろしていた。

マーダーノットミステリー観戦会場、地下施設の三階。

この施設の地下三階は若紫とＶＩＰのために設けた応接室になっていた。

贅《ぜい》を尽くしたオーセンティックな空間。毛皮のソファに座り、大きなモニターでこれまでのマーダーノットミステリーの映像を再生していた。

最初の輸送機にて心音《ここね》が拉致された際の映像を見て、若紫《わかし》は沈黙。

メイド服の少女が若紫に、「失礼します。何かお飲み物はいかがでしょうか?」と告げると、若紫が目も向けず答える。

「私はウイスキーがいいわ。いつものをロックで」

「僕も若紫と同じものを頼むよ」

そう鳳凰寺《ほうおうじ》若紫を呼び捨てにしたのは、若紫の隣に座る金髪碧眼《へきがん》の青年。エース・テイラーである。

メイドが運んできたグラスを手に取り、若紫とエースが口をつける。

口に合わなかったらしく、エースが苦い顔をした。

「なんだこの酒は。ノンエイジのシングルモルトか? 熟成感もないし個性が強烈すぎる。よくこんなものが飲めるな」

「あらあら。お酒は若くて個性が強い方が美味《おい》しいわよ。熟成されると角が取れて甘くなって飲みやすくなるけど、個性は弱くなってつまらないと思うし。酒も人間も、若くて個性のある方が面白いわ」

「すまないが、君の酒の趣味にはついていけない」

肩をすくめてエースは、メイドにカクテルを注文し直した。

マーダーノットミステリーの現状を把握した若紫は、背後に直立不動で待機する軍服の少女に問う。

「レディ。貴女《あなた》はどう思うかしら？　なぜ心音が負けたのか。貴女の所見を聞きたいわ」

レディと呼ばれた軍服の少女が口を開く。

「これは場所が悪かったですね。恐らく、輸送機のハッチが開いていなければ心音は負けませんでした」

頬杖《ほおづえ》をついた若紫が、小さく溜息《ためいき》を吐《つ》く。

「そうねえ。これは仕方ない気もするわね。あの少年探偵は、どう？」

「彼はとてつもなく運が良く、確かに探偵としては破格の人間かもしれませんが。見る限り、相手を倒す方法は全て不意打ちです。大した戦闘能力はないでしょう。私はあまり脅威とは考えません」

軍服の少女は『レディ・デス』という異名を持つ白兵戦の天才、軍人だった。

若紫の私設軍隊の中では最高戦力の一人で、姫野《ひめの》心音の教育係だ。

エースがグラスを傾ける。

「あの姫野心音って子が、若紫が育てているお気に入りなんだろ。そんなに強いのかい？　映像を見る限りだと弱気で可愛《かわい》いだけの子どもって感じだが」

「あら。残念なことに今のところ見せ場がないけど。私の心音は可愛いだけでなく、とても強いのよ。エース、貴方《あなた》だったらお嫁にあげてもいいわよ？」

「……光栄だけど、辞退しておくよ。僕の趣味ではないし、何よりも君のお気に入りなんて嫌な予感しかしない」

「まあ残念。あんなに可愛《かわい》いのに。エースの女性の趣味もよく解《わか》らないわねぇ」

と、若紫《わかし》は何気なく先ほどの意趣返しをした。

モニターでは映像が再生されていく。

碧《あお》の瞬殺推理《ワンターンキル》を見て、若紫がケーキを口に運びながら感想を述べる。

「偶《たま》にいるのよねえ、二十年に一人か二人、ああいうファンタジー世界の住人みたいな人間が……」

「とてもファンタスティックな少年じゃないか。シャーロック・ホームズもビックリな才能だよ。僕の会社で採用して、他社の産業スパイを根こそぎ見つけ出してもらいたいぐらいだ」

「正直ゲームがつまらないから、あの少年探偵を早急に御社で引き取ってもらえると助かるんだけど……」

「ヘッドハンティングはゲームが終わってからにするよ。それに僕個人としては十分に面白いからね。世界を支配する九人の権力者《パワーナイン》である君のデスゲームが台無しにされているのは、中々痛快だ」

その皮肉に、流石《さすが》の若紫も不機嫌そうに鼻を鳴らす。

「……ゲーム自体は仕方ないとしても。私は心音《ここね》が心配だわ。心音は可愛いから、酷《ひど》いことをされていないかしら。ねえ大丈夫なの？」

言って若紫は部屋の隅で正座をしていた幹部黒服達《たち》に顔を向ける。

煙草《たばこ》の黒服は答える。

「そこは大丈夫かと。詳しくは解りませんが心音様、楽しそうな様子もありますし……」

その発言を聞いた途端、若紫の顔色が変わる。

「楽しそう？　それは困るわ。折角《せっかく》この一年、変な虫が付かないように手塩にかけて可愛く教育したのに！」

若紫が立ち上がり、続ける。

「ねえ、心音とあの少年探偵は今どこにいるの？」

問われ煙草の黒服は正座したまま、ノートパソコンを操作して答える。

「いま心音様は、あの少年と上野《うえの》にいる様子ですが……」

「上野？　どうして心音は、そんな闇市の場所に？」

若紫は冗談を言った様子はなく、本当に不思議そうに小首を傾《かし》げた。

慣れた様子で煙草の黒服は応じる。

「……若紫様。それは戦後の話で、現在の上野に闇市はありません。アメ横という観光地になっています。心音《ここね》様は今、少年探偵と人気のパンケーキ店に並んでいる様子です」

「あら、そうなの。私もあの少年探偵にも興味がわいたわ。ちょっとだけお話しに、私もパンケーキを食べに行こうかしら。そのパンケーキのお店って、会社の事業規模はどれぐらいなの？　自営業？」

「いえ。株式会社の法人で、年商五千万円程です」

「あら零細企業ね。順番を待つのは嫌いだから、どんな手を使ってもいいから、直ちにそのお店を買収。それで、今から新しい経営者が店に行くから特別対応しろって店員に伝えて」

「承知しました」

「それではエース、申し訳ないけれども少し失礼するわ。ゆっくりしていってね」

告げて部屋を出て行こうとする若紫《わかし》。それに軍服の少女、レディが続く。

そんな若紫の背に、エースが声を投げた。

「おい若紫。僕達《たち》ギャラリーがプレイヤーに直接手を出すのはルール違反じゃないのか。しかも世界を支配する権力者たる鳳凰寺《ほうおうじ》若紫が直々に出向くのかい？」

若紫は足を止め、頭だけ振り向く。

「ルール違反にはならないわ。あくまでお話するだけで、手は出さないもの。部下を差し向けてもいいんだけど……。私にとって心音は子どもみたいなものだから。親が子どもを迎えに行くのは当たり前の話でしょう？　それが愛だと思うわ」

その発言に、エースは失笑した。

若紫が応接室から退場する。

途端に部屋の隅で正座していた黒服達も立ち上がりエースに一礼、慌ただしく外へ出て行った。

部屋には待機するメイドと、エースが残される。

エースは、モニターに映る心音を睨《にら》みながら、

「……なにが愛だ、馬鹿馬鹿しい。若紫ほど愛という言葉が似合わない人間はいない。何を考えているんだか知らないが、この子もロクな死に方はしないだろうな」

そう言ってグラスの酒を飲み干した。

◆

朝テレビで、上野《うえの》の人気カフェのパンケーキが特集されていて、心音が見るからに食べたそうにしていたため俺達は上野に来ていた。

午前十一時過ぎに店に到着すると、今日は日曜日のせいか開店直後だというのに既に店は満席だった。俺達の前に三人ほど並んでいる。

俺は舌打ちする。

「だからもっと早く来れば良かったのに……」

「そう言われたって、しょうがないじゃないですか」

隣の心音《ここね》がそう開き直る。

人気の店なのは解《わか》っており、俺はもっと早く来たかったのだが……。心音が日曜日の朝、八時半からの女児向けアニメを見ると譲らなかった。

その後は心音のアメ横の買い物に付き合い、店についたのはこの時間である。

……まぁどうでもいいんだけどさ。

色々と諦め、俺は話を変える。

「そういえばさ。俺のSNSの友達で、心音に物凄《ものすご》く似ている奴《やつ》がいるんだけど……。なんか心当たりないか？」

他ならぬセブンの話であった。

やはりセブンとは全く連絡が取れず、俺は気になっていた。

心音は考える素振りをする。

「いやー心当たりはないですけど。そんな私と似てる人がいるんですか？」

「めっちゃ似てる」

「そこまで言われると、私も気になりますね……」

暫《しばら》く待つと前に並ぶ客が捌《は》けて、俺と心音もテーブルに案内された。店のメニュー表を見ると、パンケーキの店だがアルコールの取り扱いもしているようだった。

人気の店なだけありパンケーキのメニューは豊富だ。

「俺はとりあえず、この看板メニューっぽいホイップバターのパンケーキにするかな。心音は何にする？」

俺がメニューを心音に差し出しながらそう聞く。すると心音は事前にスマホでメニューを調べていたらしく、即答する。

「私は、ホイップバター増し増しのストロベリー&ブルーベリー&パイン&チョコバナナ&オレンジ&餡子《あんこ》&フルーツミックスのパンケーキにします！」

そう満面の笑みで、スタバのような呪文を詠唱する心音。俺は軽く吹き出す。

「なにそれ」

「知らないんですか？　この店、フルーツとかトッピング山盛りのパンケーキがあるんですよ。一度食べてみたくて、とても楽しみです！」

メニューを改めてよく見ると、その心音が唱えた呪文のような名前のパンケーキは確かに存在しており、写真が載っていた。要するにトッピングを全て載せたパンケーキであり、フルーツやホイップクリームが山となっている。もはやパンケーキの二郎系ラーメンで、食べるのは軽い登山となりそうだ。

いいなこれ、めっちゃツイッター映えしそう。俺もこれにしよ。

店員を呼び、俺はパンケーキを注文、するとその時だ。店員が申し訳なさそうに頭を下げる。

「……大変申し訳ないんですけども、本日は大変混み合っておりまして。他のお客様と相席になってもよろしいでしょうか？」

え、嫌なんだが？

と俺は思うが、店員が本当に申し訳なさそうに頭を下げており、流石《さすが》の俺も拒否できなかった。

渋々、承諾する。

そして俺と心音《ここね》の座るテーブルに、別の客が案内されてくる。

その客は、違和感の塊だった。十二歳ぐらいの少女である。豪奢《ごうしゃ》な純白のドレスに赤いリボン、そして巨大な宝石のような髪留め。これから舞踏会に行くような格好をしていた。

明らかに上野《うえの》を歩くような格好ではなく、周囲から浮いていた。

その少女は優雅に微笑《ほほえ》み、俺達《たち》の対面に座る。

「相席でごめんなさいね。失礼するわ」

その少女は店のメニュー表を眺めると、

「私はそうねえ。餡子《あんこ》のパンケーキと……あとマティーニがいいわね」

と店員に注文した。マティーニとはカクテル、要するに酒だ。

店員がおずおずと応じる。

「すいません、それはアルコールでして。二十歳未満のお客様にはお出しできないのですが……」

少女は笑顔で応じる。

「もちろん知っているわよ。でももしかしたら、私だけ特別にお酒を出してもいいお客かもしれないわよ。とりあえず私のオーダーをとって、店長とか他の社員に、聞いてみよっか？」

まるで子どもに言い聞かせるような口調で、大人の店員にそう言う少女。異様としか言いようがなかった。

店員は不審そうに店の奥へ戻っていき……少しして、物凄《ものすご》い勢いで戻ってきて少女に謝罪し始める。

そして少女が注文したパンケーキと酒を運んできた。

……なんだ、こいつ。店の偉い人間なんだろうか。

白昼堂々、飲酒を始めた謎の少女に俺は言う。

「お前、小学生ぐらいだろ。酒を飲んでいいのかよ」

少女はオリーブの実の入ったカクテルグラスを傾けながら応じる。

「あら、随分と不思議なことを言うのね。聞き返すようで申し訳ないけれども。ではどうして、子どもが飲酒してはいけないのかしら?」

「二十歳未満の飲酒は、脳が萎縮しやすいからだろ」

一般論で俺は答える。すると少女は笑いを噛《か》み殺《ころ》す。

「模範解答だわ。でも、それなら何の問題もないわね。私、身体《からだ》は子どもでも頭は大人だから」

……うぜぇな。どこかの名探偵みたいな話をしやがって。警察に通報してやろうか。

そこで俺は気づく。

心音《ここね》の様子がおかしい。真っ青な顔で震えている。

俺は察する。どうやらこの少女は、デスゲーム運営で権力のある人間なのだろう。

少女はパンケーキを一口食べた後、言葉を紡ぐ。

「相席になったのも何かの縁だから。ところで貴方《あなた》、名前を聞いてもいいかしら?」

臆する理由もなく、俺は普通に応じる。

「他人に名前を聞く前に、自分から名乗ったらどうだ?」

「大変失礼したわ。確かにその通りね。私の名前は鳳凰寺《ほうおうじ》若紫《わかし》。こう見えても一応、会社の経営者なの。よろしくね。それで貴方は? 高校生なの?」

「ジェノサイド江戸川《えどがわ》、高校生探偵だ」

本名を答える義理はなく偽名で答える。

「私はそのネーミングセンス、嫌いじゃないわよ。折角《せっかく》だから少しお話したいんだけど。ところで今日はどうして、貴方達《たち》はこのお店に来たの？」

「……いやどうしてって言われても。普通に朝、二人でテレビ見てパンケーキを食べに行こうってなっただけで、特別な理由はないんだが……」

「なるほどねぇ。二人でパンケーキを食べに行こうってなった訳なのね。二人とも仲がいいのね」

謎の少女、若紫はパンケーキを食べながら心音に視線を向けた。

心音は蛇に睨《にら》まれた蛙《かえる》のようになっていた。色々と無理そうである。

改めて若紫が俺に向く。

「ところで余談なんだけれども。私は今、会社で面白いゲームを作ろうとしているの。貴方達のような若者にも人気が出るものを作りたいんだけれども、面白いゲームって、どんなゲームだと思う？　ぜひ意見を聞きたいわ」

若紫がデスゲームの関係者なのは明らかであり、俺は直球を投げる。

「人の死なないゲーム」

若紫は軽く吹き出す。

「貴方、面白いわね。どうしてそう思うの？　私は人が死ぬゲームの方が面白いと思うけれども。そうねえ、ゲームとは違う業界の話をするわ。例えば推理小説だと、一行でも早く死体を転がした方が読者の興味を惹《ひ》ける……なんて言われているわ。それってつまり、人が死ぬというのは、面白いって事なんじゃないかしら？」

「小説の話は知らないけどさ。俺の個人の感想として、人が死ぬゲームとか全く面白いと思わないんだよ。頭おかしいんじゃねえのか。デスゲームなんてクソゲーだよ」

「また随分な言いようねえ。でもほら。冷静になって考えてみて。他人の不幸は蜜の味って昔から言うでしょう？　歴史で考えても、例えば中世フランスではギロチンの処刑が市民の娯楽だったし、日本だって江戸時代では斬首、獄門、磔《はりつけ》、火炙《ひあぶ》りなどの公開処刑が、見世物になっていたわ。つまりね。古今東西、人間にとっては自分と何の関係もない他人の死というのは最大のエンターテインメントなのよ。……確かに現代では倫理的に問題がある、という意見もあるわ。でもね、人間の本質というのは、そう簡単には変わらない。コンプライアンスとかモラルとか倫理とか、口ではどれだけ綺麗事《きれいごと》を言っていても。心の底ではみんな、見知らぬ誰かが不幸に死ぬことを愉《たの》しんでいる、興味津々なんじゃないかしら。だとしたら――人が死ぬのを全く面白いと思えない、そんな感覚を持つ貴方《あなた》の方が、異常な人間なのではないかしら？」

俺は悟る。

駄目だこいつ。意思疎通を諦めて、俺は吐き捨てる。

「……お前と話していると気分が悪い。これ以上、何も話す気はない」

若紫《わかし》はしょんぼりする。

「とても残念ね。若い人にそう拒絶されちゃうの、私はとても悲しいわ」

しばらくしてパンケーキを食べ終えた若紫は席を立つ。

「では私はそろそろ行くわね。お話に付き合ってくれてありがとう。お礼に会計は私がしておくから。あとは二人でゆっくりしていってね」

「いらねーよ。自分の分は自分で払う。余計なことはするな」

若紫が上品に微笑《ほほえ》む。

「あらあら。年長者の厚意は素直に受け取っておくのが、社会で上手《うま》くやるコツよ。ではまた近いうちに会いましょう。それと――」

微動だにしない心音《ここね》に顔を向け、若紫は続ける。

「――心音は、ちゃんと帰ってこないとダメよ。あと私が教えた事はちゃんと守ること。あげた拳銃はどうしたの？　取られちゃったの？　本当、仕方のない子ね。まぁ貴女《あなた》が無事ならそれでいいわ。ではまたね」

若紫は踵《きびす》を返して店を出て行く。

店の外にはいつの間にか軍服の少女がおり、若紫の後に続いた。

……一体なんだったんだ……？

ここでようやく、俺の注文したパンケーキが運ばれてくる。メニュー名の通り、山のようなフルーツやホイップクリームや餡子《あんこ》が盛られたパンケーキだった。

そんなパンケーキを前にしても心音《ここね》は変わらず、この世の終わりのような顔をしている。

俺はパンケーキを食べながら訊《き》く。

「なぁ今のデスゲーム運営の人間なんだろ。鳳凰寺若紫《ほうおうじわかし》って名乗ったけど、あいつ一体なんなんだ?」

心音は暫《しばら》く沈黙していたが、遺言を述べるような声色で言う。

「……若紫様が出てきた以上、もうゲームは終わりです。貴方《あなた》も終わりですし、私もどうなるか解《わか》りません……」

なんだそれ。鳳凰寺若紫がどういう人間なのか知らないが、俺に負けるつもりは毛頭ない。

いずれにしても情報が足りなすぎる。

店の天井には複数の防犯カメラがあった。ネットワークに繋《つな》がっていれば杏《あんず》も店内の映像を見れるだろう。

俺はスマホを取り出し、ボイスチャットで杏に頼む。

「おい杏、今いる店で俺と喋《しゃべ》ってた、鳳凰寺若紫ってやつの詳細を調べてほしいんだが……」

暫く待つと、インカムから杏が、

『……ねえ、兄。まだ家に帰ってこないの……？　チョコレートケーキまだ？』

と細い声色で言ってきた。俺は後頭部を掻《か》く。

「もうちょっと待ってくれ。まずこのデスゲームが終わらない事には帰れないだろ」

『兄がいないと、家に誰も喋る人がいない……』

「別に俺が家にいても、どうせあんまり喋らないだろ。どうしても誰かと会話がしたいなら、今流行《はや》りのＡＩとでも喋っていればいいじゃん」

『――……』

杏は沈黙。俺は続ける。

「このデスゲームが終わったら、すぐに帰るって。それで悪いんだけど、さっきの話、鳳凰寺若紫なんだけどさ」

『……鳳凰寺若紫って、源氏《げんじ》ホールディングスの社長の名前だけど……』

「本気で？」

俺は驚く。社長ってマジで？

今のはどう見ても十二歳ぐらいの少女だったぞ。

確かに若紫は経営者と名乗っていたが、そんなのあり得るのか？　しかし今のが源氏ホールディングスの社長、デスゲームの主宰者なら心音のこの反応にも合点がいく。

珍しく杏《あんず》が声を荒らげる。

『――兄、この人なんかおかしい。兄がいま喋《しゃべ》ってたの、小さな女の子でしょ？　源氏《げんじ》ホールディングスの社長、代表取締役の鳳凰寺若紫《ほうおうじわかし》って、会社の登記情報から代表の住所割り出して区役所のシステムハックして印鑑証明見ると、生年月日は昭和十年。生きていれば八十九歳の老人なんだけど。兄はいま、誰と喋ってたの……？』

そう言われても困る。

なんかホラーみたいな話になってきた。

俺は探偵だぞ。別ジャンルは勘弁してほしい。

……状況が、かなりきな臭くなってきた。

ここが分水嶺《ぶんすいれい》であると、俺の直感が告げている。

俺は今の状況と若紫の言動を考える。俺が生きているのは、この隣にいる心音《ここね》というデスゲーム司会を人質にとり盾にしているからだ。

心音はデスゲーム運営にとって重要人物らしく、運営は何としても取り戻したい様子だ。

理由は不明。俺としては最後に若紫が心音に言っていた、教えた事はちゃんと守ること。あげた拳銃はどうしたの？　という発言が気になる。拳銃とはあの黄金銃、ワルサーPPKの事だろう。今も俺が所持している。

後は妙に、俺と心音の雰囲気を気にしていたように思う。

なんか嫌な予感しかしないんだが……。

◆

若紫は上野《うえの》に黒塗りの高級車で訪れていた。

車載カメラが、一人残された煙草《たばこ》の黒服が煙を吹かす様子を捉える。

暫《しばら》くして若紫とレディが戻ってきた。慌てた様子で煙草の黒服は後部座席の扉を開ける。

若紫は車に戻るなり、小さく息を吐く。

「うーん、あれは駄目ね。あの少年探偵、心音の教育に悪いわ。心変わりされちゃうのだけは避けたいわね……どうしようかしら……」

煙草の黒服がハンドルを握り、車を発進させた。

流れる景色を見ながら若紫は何か考えている様子だ。

少しして若紫が手を叩《たた》く。

「……では、こうしましょう。あの少年探偵はここで始末するわ。でもマーダーノットミステリーのルール上、私達《たち》は手が出せないから、ルールを変更するわよ。ゲームは一旦中断、この際あの少年探偵は事実上のゲームクリアで構わないわ。とにかくあの少年探偵は隔離よ。その上で、あの少年探偵には改めて別のデスゲームをやらせるの。ゲームの内容はそうね……。心音《ここね》にあの少年探偵を殺させたいから、銃撃戦がいいと思うわ」

煙草《たばこ》の黒服が異を唱える。

「……お言葉ですが若紫様《わかしさま》。ルールの変更は簡単にできません。規定ではルール変更は出資者と観客の過半数の同意が必要でして……」

「もちろん知っているわよ。当然、規定に沿って、ルール変更を提議するわ。出資者と観客から同意が取れれば何の問題もないはずだわ」

「いやしかし……」

何かを言いかけ、煙草の黒服は言葉を飲み込む。

……恐らく。ルール変更を提議しても出資者や観客から同意は得られないと言いたいのだろう。

エースもそうだが、鳳凰寺《ほうおうじ》若紫の主宰するデスゲームが台無しになっている現状を皮肉として愉《たの》しんでいる人間も多い。そんな状況でルール変更を提議しても、若紫のご都合主義だと不興を買うだけだ。

レディが口を開く。

「進言いたします。現状でゲームの変更を提議しても、観客から顰蹙《ひんしゅく》を買うだけです。もし提議するのであれば、こちら側も何かリスクを背負わないと同意は得られないと考えます」

「そうねえ。リスクねえ――」若紫は続ける。「――だったら、私が片腕でも賭けようかしら？　万が一、心音が負けた場合この私が腕を切り落とす。……それでどうかしら？　その方が心音もやる気になるだろうし。きっと皆、面白がって賛同してくれるわ」

この発言に煙草の黒服は絶句。

今まで無表情だったレディすら、半眼になる。

「……若紫様。確かに銃撃戦をやらせれば心音の方が圧倒的に能力は高いでしょう。しかし殺し合いや戦争に絶対はありません。どれだけ優勢でも神に見放されて負けた事例は山ほどあります」

「そうね。レディ、貴女《あなた》の発言はとても正しいわ。でもね――――神はこの私なのよ。私が見放さない限り、心音は絶対に負けないわ。……まぁほら。いざとなったら、アレを使えばいいじゃない」

「……心音の戦術兵器を使うつもりですか？」

「あの少年探偵が、才能に溢《あふ》れた名探偵である事は潔く認めましょう。名探偵に事件事故みたいなスケールのものをやらせても殺せないと思うのよ。でもね、所詮は探偵だから。だったら白兵戦や銃撃戦のような戦争を仕掛けてやればいいわ」

レディも煙草の黒服も何も言わない。

若紫は付け加えるように言う。

「もちろん念には念を押すわよ。仮にあの少年探偵が、私の予想を遥《はる》かに超えていて銃撃戦で勝ち残ってしまったとするわ。その時は――」

そして若紫《わかし》は宣言する。

「――ファンタジーみたいな探偵には、ファンタジーみたいな軍事兵器をぶつけて殺せばいいのよ。ちょうど人間相手に殺傷能力を試してみたいところだったし、丁度いいじゃない。……それじゃ、この方針で決定ね。提議の稟議書《りんぎしょ》や準備をお願いね」

そう言い若紫は、可愛《かわい》らしい笑顔を見せた。

源氏《げんじ》ホールディングスは国内外の軍事産業にも大きなシェアを持ち戦略、戦術兵器の開発も行っていた。

昨今、若紫はAI技術を二段階発展させたASI《人工超知能》による軍事兵器、医療技術の開発発明を進めており莫大《ばくだい》な資金を投下している。

要するに、このデスゲームはそのための資金源の一つだった。

若紫がその気になれば、試作や新型などを含め二世代、三世代先の軍事兵器すら投入できる。

……しかし幾らなんでも、碧《あお》たった一人を殺害するために軍事兵器を投入するなんて無《む》茶苦茶《ちゃくちゃ》だ。容赦がなさすぎる。

とは言え、若紫の決定は絶対だ。誰もが若紫に従うしかない。

その後、デスゲーム観戦会場の地下施設に戻った煙草《たばこ》の黒服は提議の書類を作成、手続きを始めた。

そして世界を支配する九人の権力者《パワーナイン》の一人である若紫が片腕を賭けるという物珍しさから、無事その決議は承認される。

ルールの変更が決まる。


地下施設の三階、応接室。

若紫がソファでうたた寝をしていると、部屋にエースがやってきた。

「おい若紫、君が片腕を賭けるというのはどういう事だ？　姫野心音《ひめのここね》に負けないイカサマを仕込んでいるとしか思えないんだが。新型兵器のお披露目《ひろめ》会でもする気かな？」

欠伸《あくび》をしながら若紫は応じる。

「その辺りは、ご想像にお任せするわ」

「こんな銃撃戦なんてやらせなくても、姫野心音の妹にも司会をやらせているんだろ？

そっちを戦わせて姫野心音《ひめのここね》を奪い返せばいいじゃないか」

「その選択肢はないわね。妹の由岐《ゆき》は何の才能もない使えない子だから。可愛《かわい》い心音の妹だから面倒を見てあげてるだけよ」

「なるほど。君の関心はあくまで姫野心音のみという訳だ。本当、拘《こだわ》っているね」

「だから心音は子どもみたいなものだって、言ってるじゃないの。親が子どもに拘るのは当然だと思うわ」

「一つ聞いても？」

「勿論《もちろん》どうぞ。国家と企業機密以外であれば何でも」

「姫野心音と君に血の繋《つな》がりはないだろう。君はどうして、あの少女にそこまで拘る？」

「そうねえ。……説明が難しいんだけど、あの子は昔の私と似ているのよ。心音はとても可哀想《かわいそう》な子でね……」

若紫《わかし》が待機していたメイドを呼んだ。

メイドに命じ、部屋のモニターで動画を再生させる。

エースが訊《き》く。

「この映像は？」

「これは一年前のデスゲームの動画よ。私が初めて、心音に会ったときのものね。この時は高校生をクラス単位で集めてデスゲームをやらせたんだけど……。当時の心音は、学校で凄《すご》くイジメられていて。デスゲームって大抵、弱そうな個体から狙われていくんだけど。日常的にイジメられていた心音は真っ先に狙われて、殺されるどころか、囮《おとり》に使われちゃって、見ていたら可哀想になって。つい助けちゃったのよ」

エースが鼻先で笑う。

「……君が私情で直接デスゲームに出て行って、観客から大バッシングを受けた時の話かな？　とは言え、君の口から可哀想なんて言葉が出るとは思わなかった。……あの姫野心音という少女を、何に利用する気なんだい？」

「まあ、利用するだなんて。私は愛する心音を何かに利用しようだなんて、全く考えていないわ。心音にはちゃんと生きて結婚して、家庭を持ってもらって、幸せになってほしいと願っているわ。……心音自体はね？」

最後にそう念を押すように言い、若紫は微笑《ほほえ》んだ。

そしてモニターでは動画が流れていく。

――これは動画、一年前のデスゲームだ。

先ほど若紫が言っていた通り、その回のデスゲームは高校生がクラス単位で集められ、廃墟《はいきょ》となった市街地で実施されていた。

荒廃した学校の体育館。

当時の心音《ここね》は高校の制服姿で、縄で拘束されて体育館の中央に転がされており、生々しい痣《あざ》や怪我《けが》など暴行の痕があった。

と、銃器を持った高校生、他プレイヤーが体育館の入口に現れる。心音を殺そうと歩み寄るが、途中で狙撃を受けて鮮血を撒《ま》き散《ち》らして絶命する。

……要するに心音は捕まりデコイ、獲物をライフルの射程内に誘《おび》き寄《よ》せるための餌に使われていた。

見るからに小柄で弱そうな心音は、うってつけの囮《おとり》だった。

しばらくすると、心音を囮にして体育館の物陰に潜んでいた他プレイヤーが姿を現す。

それは心音のクラスメイトである男女三人組の高校生であった。その三人はそれぞれが拳銃やライフル等《など》を持っている。

彼らは無抵抗な心音に向かい、

「だから大声で泣けって言ってんだよ！」

と言って、心音に殴る蹴るの暴行を繰り返す。

その三人組からすれば心音は囮で、大声で泣いてプレイヤーを誘き寄せてもらった方が好都合であった。

　これはデスゲームであり、当然、捕まっている心音も最終的には嬲《なぶ》られるだけ嬲られて殺される展開となるのは確実だった。

　暴行され心音が弱々しく悲鳴をあげた、その時だ。

　体育館入口付近から足音が響き、心音を暴行していた三人組は急いで物陰に隠れる。

　そして体育館入口より、人影が現れた。

　鳳凰寺若紫《ほうおうじわかし》である。

　その背後にはスナイパーライフル、ドラグノフ狙撃銃を背負うレディの姿もあった。

　若紫は構わず体育館に入り、中央の心音に近づいていく。

　三人組が罠《わな》を張る中に、正面から歩いて進んでいく。当然、先程射殺されたプレイヤーと同様、若紫とレディも物陰に隠れている三人組に狙われるが……。

　レディが直立の姿勢でドラグノフ狙撃銃を構え、引き金を引く。物陰で若紫を狙っていたプレイヤーの一人を的確に撃ち抜き、悲鳴があがる。間髪をいれずレディは射撃、二人目、三人目と撃ち抜く。

　レディが瞬く間に制圧する。全く勝負になっておらず、レディがまだ息のある三人組を引きずり出した。

　心音の前まで来ると、若紫は屈《かが》み込《こ》む。心音の表情はこれまでの暴行もあり、完全に怯《おび》えきって恐怖が張り付いていた。

心音《ここね》の拘束を解きながら、若紫《わかし》は心音を抱き起こす。

「はじめまして、姫野《ひめの》心音。私はこのゲーム主宰者の鳳凰寺《ほうおうじ》若紫よ。本当は運営が出てくるのは御法度《ごはっと》なんだけど。可哀想《かわいそう》すぎて見ていられなくなったわ。デスゲームって、普通はさっさと相手を殺してしまうから。他のプレイヤーを捕まえて嬲《なぶ》り殺《ごろ》しにするの、あまり見ないのよね。……ねえ。貴女《あなた》は、どうしてこうなったかわかる？」

心音は何も言わない。

若紫は続ける。

「――勿論《もちろん》、貴女が学校でイジメられていた事や、家庭の話も知っているわ。ねえ心音、貴女はどうしてこんなに不幸なのか、どうしてかわかる？」

心音は何も言えない。

そして若紫は述べる。

「――それはね。貴女が弱そうで、やり返してこなさそうだからよ。貴女がとても優しい子なのは知っているわ。でもね、社会というのは競争で、殺し合いなのよ。舐《な》められたら終わりだという事を知らないと、貴女はずっとやられっぱなしで、ずっと不幸なままになっちゃうわよ。……どうすればいいのか解《わか》らないなら教えてあげるわ。ほら起きなさい」

言って若紫は、レディから拳銃を受け取る。

それは複雑な装飾の施された黄金銃、ワルサーPPKだ。その黄金銃を心音に握らせ、手を上から被《かぶ》せるように若紫が拳銃を構える。

そして銃口を、つい先程まで心音に暴行していた無抵抗の三人組に向ける。

若紫が微笑《ほほえ》む。

「――――いいかしら。幸せになる一番簡単な方法は、不幸を他人に押しつけてしまう事よ。要するに、自分が生きるために邪魔な他人を排除する。躊躇《ためら》いなく殺すの。あとね、やられたら絶対に報復するの。二度と自分に反抗してこないように徹底的に潰すこと。ほら心音、初めては私も一緒にしてあげるから――――」

若紫が心音の耳元で妖艶に囁《ささや》き――――そして引き金を引いた。

乾いた音を立てて、一人が射殺される。
先程とは立場が逆転。今度は、残された二人が恐怖の表情で泣き喚《わめ》く。
「――――どう？ 悪い気分じゃないでしょ。ほら、残り二人も早く殺してみよっか」
そして二発目、三発目と銃声が響き……静かになった。
……以上が一年前、心音《ここね》と若紫《わかし》の初めての邂逅《かいこう》だ。
かくして姫野《ひめの》心音は社会から失踪、若紫の下でデスゲーム司会という現在に至る。

7章『倫理なき遊戯の壊し方』

それは夜。

結局、今日も誰も襲ってこなくて悲しい……と思いながら、俺がビジネスホテルのベッドに転がっているとスマホが鳴る。

画面を見ると杏《あんず》からのボイスチャットだった。

杏から来るのはとても珍しい。

インカム越しで杏が開口一番に言う。

『――ねえ兄。そろそろ帰ってきて』

俺は溜息《ためいき》を吐《つ》く。

「……だからさっきも言ったけどさ、このデスゲームとかいうクソゲーが終わらない事には帰れないんだよ」

『……兄がいなくなったら、私は本当に一人になる……』

明らかに杏の様子が変だ。俺は訊《き》く。

「どうした？　なんかあったのか？」

『……あれから鳳凰《ほうおう》寺《じ》若紫《わかし》をずっと調べてるんだけど、これたぶんかなりヤバいやつ。政府関連組織とか金融機関とか洗っても何も情報が出てこない。たぶんこれ、社会ぐるみで隠蔽されてる系』

「マ？」

俺は驚く。杏が調査して調べられないというのは初めてだった。

いつになく杏が神妙な声になる。

『源氏《げんじ》ホールディングスの会社は、違法の生体移植とか軍事兵器とか割と黒い話は出てくるんだけど……。鳳凰寺若紫って個人は一切出てこないんだよね。明らかにおかしいよ、これ。そのデスゲーム、そろそろ逃げた方がいい』

「いやそう言われても。俺には首輪の爆弾がついてるんだが。……それに心音《ここね》もいるし」

『お金あるんだし。爆弾なら液体窒素使うとか、やりようはあるでしょ。あとそんな子、別にどうでもいいじゃん』

と杏は言い捨てた。辛辣である。

まぁ杏の言いたいことも解《わか》るんだが……。

俺は隣にいる心音に視線をやる。

パンケーキ店以来、心音はずっと塞ぎ込むように沈黙していた。

俺は心音に言う。

「なあ、仮の話で。俺がこのゲームから逃げたとして、手錠も外してお前を解放したとする。そうしたら心音《ここね》はどうするんだ？　家に帰れるのか？」

　心音は弱々しく応じる。

「……私はデスゲーム運営に戻ります……」

　うん、まぁそうなるよね。

　俺は考える。

　自分の信念もあり、どうにか心音を助けたい気持ちがあるが、単純に心音を連れ出しただけでは解決しない気がする。

　なんだろう。事件を解決するだけなら楽勝なんだが。他人を助けるのって難しいよな。

　どうしたもんか、と俺が首を捻《ひね》っていたその時だ。デスタブが鳴る。

　お、ついに生捕予告か？　と俺は画面を見るが違った。

　電話の着信である。

　……間違い電話でもない限り、相手はデスゲーム運営だ。少し迷うものの、俺は電話に出た。

　デスタブのスピーカーから野太い男の声が響く。

『――こんにちは。私はデスゲーム運営の責任者をしている者だ。まず最初にゲームのルール通り、我々運営が君に直接、危害を加えることはないから安心してほしい。折り入って、君に相談があって連絡した』

俺は喧嘩腰《けんかごし》で応じる。

「は？　こんなクソみたいなデスゲームに強制参加させておいて、相談ってなんなんだよ。中止にでもすんのか？」

『君のみで言えば、概《おおむ》ねその通りだ。君のゲームは終わりとなる。おめでとう』

俺は意表を突かれて黙る。

デスゲーム運営の男は続ける。

『それでここからが相談なんだが。改めて、君には別のゲームに参加してもらいたいと思っている。ああ、ふざけるなという君の意見は解《わか》る。とりあえず、最後まで話を聞いてほしい。次のデスゲーム、君が勝った場合は解放は勿論《もちろん》として、君の望みは何でも叶《かな》えよう。それでどうだ？』

「訳がわからないんだが。なんだよ、望みは何でもって。世界の半分を寄越《よこ》せって言ったらくれるのか？」

『……世界の半分は難しいと思うが。現実的な話、世界の九分の一ぐらいなら不可能ではない。その辺りは直接、主宰者と交渉してくれ』

予想外の回答に俺は胸中で驚く。

なんなんだよ、その主宰者って。世界を席巻《せっけん》する魔王か何かなのか？

……とは言っても、望みを何でも叶えるという条件は悪い話ではない。

元々の目的であった現金は、ゲームクリアの賞金がなくても十分稼いでいる。あと俺の望みはデスゲームを即中止にして全員を無事に解放する事と、心音《ここね》を助けることだ。

怒りの気持ちを抑えて、俺は訊《き》く。

「……話だけは聞いてやる。次はどんなデスゲームだよ。内容を言え」

『銃撃戦だ。詳細は会場で説明するが、君の趣味嗜好《しこう》を考慮して殺さなくても良く、相手を無力化するのが勝利条件だ。もちろん武器は何でもいいし持ち込んでもらって構わない。……とりあえず後は主宰者と直接、話をしてほしい。三十分後にホテルの前まで迎えに行く。準備してくれ』

「ちなみにそれさ。俺に拒否権はあるのか？」

『残念だが拒否権はない。しかし我々はできる限り、君には自分の意志で参加してほしいと願っている。だからあえて相談という言い方をした。では三十分後に』

と言って電話は切れた。

俺は考える。

どう考えても罠《わな》であるが……俺は天才である。何が来ても負ける気はなかった。

いずれにしても、デスゲームの末端と話していても仕方がない。一番上の主宰者と話した方がてっとり早いのも間違いは無い。

条件次第では行ってみるか……と考えていると、隣の心音が言う。

「……受けるんですか？　その話」

「すげー気に入らないんだけど。条件次第ではな」

「……ここが上手《うま》く逃げる最後のチャンスかもしれません。今度こそ、本当に死んじゃいますよ」

「……そうは言うがな。お前を助けるにはこれしか方法がないだろ？　と思うが俺は口にしない。

俺は小馬鹿にしたように笑う。

「はっ。天才名探偵の俺がデスゲームごときで負けるわけねーだろ」

三十分後。準備をして外に出ると、先程の電話の通り……ビジネスホテルの玄関口の前には、黒塗りの高級車が止まっていた。

扉が開き、中から煙草《たばこ》をくわえた黒服が現れる。

煙草の黒服が言う。

「では会場に案内する。車に乗ってくれ」

「……その前に念を押して確認がある。次のデスゲームで勝利した場合、望みは何でも叶《かな》えると言ったな。その話に間違いないよな？」

「もちろん。弊社が可能な範囲になるが、望みは何でも叶えよう」

「あともう一つ。お前らの都合にのってやるんだから、まず、この首輪を外せよ。それぐらいしろ」

「……いいだろう」

煙草《たばこ》の黒服がスーツのポケットからスマホを取り出し、操作する。

すると俺の首輪が外れる感触がした。

防音シートでぐるぐる巻きにしていたため、俺は破って中を見る。

すると銀色の首輪がバラバラになっていた。

まさか本当に外してもらえるとは考えておらず、俺は呆気《あっけ》にとられた。久しぶりに首輪が取れて肩が軽い。

黒服は運転席に乗り込みながら続ける。

「では早く乗れ。若紫《わかし》様がお待ちだ」

黒服の口からその名前が飛び出す。やはり今日会ったあの少女が、デスゲーム運営の黒幕だったらしい。

「……参加するかは、まだ決めてないからな？　とりあえず話を聞くだけだぞ」

俺はそう告げ心音《ここね》と共に、後部座席に乗り込んだ。

車が走り出す。運転席の煙草の黒服は無言だったが、首都高速に入ったところで口を開く。

「……会場に着く前にルールを説明しておく。次のデスゲームはシンプルに銃撃戦だ。心音様と戦ってもらう」

隣にいる心音が息を呑《の》む音が聞こえた。

あーなるほど、そういう展開ね……。

俺は半分予想もしており、大して驚きはしない。

黒服は続ける。

「……ルールは相手を無力化できた方を勝利とする。殺す必要はない。場所は工業区域の一角、廃工場の中だ。あと他にも二十人武装した人間がいて、そいつらを倒しながらお前と心音様が戦う形式となる。制限時間は一時間。仮に決着のつかない場合は、武装した二十人を一人でも多く無力化した方を勝ちとする。君が勝った場合は、望みは何でも叶《かな》えよう。ただし負けた場合は命がないと思ってくれ」

俺は訊《き》く。

「あのさ。もし俺の望みが死人を甦《よみがえ》らせろとか、若返らせろとかそういう叶えられない願いだったら、どうするつもりなんだ？」

その質問は半分、重箱の隅をつつくようなものだった。

しかし黒服は真顔で、

「……先ほども言ったが望みは弊社で可能な範囲となる。死人を甦らせる、若返らせる……というのは直接的には無理だと思うが。ただ死人をクローン人間として甦らせる、あと生体移植で若返る、などは可能だ。……何にしても後は若紫様《わかし》と直接話をしてくれ。金を出すのは俺ではないからな」

と言った。

俺は興味本位で言う。

「なあ。あの鳳凰寺《ほうおうじ》若紫って、何者なんだ？」

その質問について、黒服は沈黙を返した。

隣の心音《ここね》も無言。

その後、小一時間ほど俺を乗せた車は走る。

気がつけば東京を出て首都圏の郊外。大きな工場が連立する場所に来ていた。強大なゲートをくぐり、車が大きな工場敷地に入っていく。

工場の敷地に入った瞬間、スマホの電波が届かず圏外となった。電波妨害機でも設置されているのかもしれない。

杏《あんず》と連絡が取れなくなり、俺は内心で舌打ちする。

その後、巨大な工場の入口の前で車は止まり、俺は煙草《たばこ》の黒服に先導されて工場の中に入る。

黒服は先程、廃工場……と言ったが、中は荒れておらず整然としていた。ただ人気はまるでなく工場が稼働している様子はなかった。コウモリだけが天井付近で蠢《うごめ》いている。

工場の奥には業務用と思われる無機質なエレベーターがあり、俺と心音、煙草の黒服の三人はそれに乗って地下に降りていく。

……このエレベーター、地下何階まであるんだ？

五分ぐらい下降を続け、思わず俺がそう言いたくなった頃に丁度エレベーターが停止。

そして煙草の黒服が言う。

「着いたぞ。ここから先は君と心音様、二人で行ってくれ」

「は？　なんでだよ。お前は案内しないのか？」

煙草の黒服が失笑する。

「悪いが、俺もただの庶民なんだよ。世界の上澄みに招かれているのは、君と心音様の二人なんだ。心配するな、罠《わな》は何もない。……ほら、さっさと行け」

そして煙草の黒服が、エレベーターの扉を開くボタンを押した。

鉄製の両開きの扉が開いていき、洪水のような純白の光が溢《あふ》れ出《で》た。

促された俺は、手錠で繋《つな》いだ心音と共にエレベーターの外に出る。

次の瞬間、万雷の拍手に俺達《たち》は包まれた。

エレベーターを降りると、そこは異世界だった。

豪奢《ごうしゃ》なアンティーク調の装飾で統一された、大きなパーティ会場のような部屋。豪華客船の大ホールみたいな雰囲気だ。

そこには俺を取り巻くように沢山の人間がいた。

誰も彼もがこの空間に調和した高級そうなドレスや礼服を纏《まと》い、愉《たの》しそうに俺を見て拍手している。

……意味がわからない。

どうやらこの拍手は、俺に向けられたものらしい。

俺が佇《たたず》んでいると、この部屋の一段高い場所、教壇のようなところに知っている顔を見つけた。

鳳凰寺《ほうおうじ》若紫《わかし》である。

俺と視線が合うと、若紫は優雅に微笑《ほほえ》む。

「ごきげんよう、少年探偵。まずはお祝いの言葉を述べようと思うわ。例外的な措置だけど、貴方《あなた》は今回のゲームをクリアと認定するわ。おめでとう」

……は？

俺は何も言えない。

若紫は続ける。

「何度もデスゲームは開催しているんだけど、貴方みたいなプレイヤーは初めてよ。とても私は驚きました。……主宰者としては悔しい気持ちもあるけど、貴方のその才能には敬意を表します。とても素晴らしいわ」

若紫の祝辞で、会場内の拍手がより一層強くなった。

俺は何も喋《しゃべ》れない。

会場内には老若男女、肌の色や目の色の違う様々な人間がいた。その人間達《たち》は子どもではなく、全員が裕福そうな風貌のいい年をした大人だ。宇宙人や怪物などではない、人間である。

彼らの拍手が収まった頃、俺は言う。

「……これは、なんなんだ？」

若紫が首を傾《かし》げる。

「と言うと？　質問の意図が解《わか》らないわ」

「いやさ若紫、お前がデスゲーム主宰者なのは解ったよ。で、この取り巻きの観客みたいなのは何なんだって話だよ」

「貴方が今言った通りよ。ここにいるゲストは、ここまでのデスゲームで貴方の活躍を観劇していた観客だわ」

俺の怒りが破裂する。

「はぁぁぁぁぁぁぁぁぁぁっ!?　お前らいい年した大人が揃《そろ》いも揃って、人が死ぬゲームで面白がってた訳か？　安全な場所から苦しむ人間を眺めるのが、そんなに楽しいのかよッ!?　バ――――カじゃねえの!?　このヒトデナシのクソ野郎どもがッ！」

俺のこの暴言に、会場内では笑いが漏れた。

若紫《わかし》も困ったように肩をすくめる。

「あらあら少年探偵、貴方《あなた》はとても勇敢で才能がある子だと思うけど、その言葉遣いの悪さは頂けないわね。目上の大人には、ちゃんと敬語を使わないと駄目よ。でないと、人生で損をするわよ。わかったかしら？

それとね。安全な場所から苦しむ人間を眺めるのが、そんなに楽しいのか？　……って貴方は言うけど、楽しいに決まってるじゃない。これは別に私達《たち》が特別ではなく、普通の人間だって日常的に同じような娯楽を楽しんでいるでしょう？　例えばほら、最近だとSNSとか。匿名という安全な立場から、問題を起こした人間をみんなで寄ってたかって誹《ひ》謗《ぼう》中傷して追い込むみたいな、要するにそれと同じ娯楽よ。

……話が逸《そ》れたから戻すわ。次のゲームの話は聞いてると思うんだけど。是非、貴方には心音《ここね》と戦ってほしいの。もしも貴方が勝ったら、この私、鳳凰寺《ほうおうじ》若紫が貴方の願いを何でも叶《かな》えてあげるわ」

「何が願いを叶えるだよ！　第一、お前が約束を履行する保証なんてないだろ！」

「……それを言われると少し困っちゃうわね。保証は勿論《もちろん》するんだけど、貴方が納得する形の保証というのは難しいわ」

するとその時だ。

観客の中から、男の声があがる。

「――だったら、それはこの僕が保証しよう」

俺が声の発生源の方を向くと、観客の人垣の中から一人の男が出てくる。年齢は二十代後半ぐらい。他の人間とは違い、ジーパンにシャツというラフな格好をしていた。

流暢《りゅうちょう》な日本語を話したが、間違いなく日本人ではない。

ここで気づく。その人物を俺は知っていた。

引き籠もりの俺でも知っているほどの有名人である。

俺は呻《うめ》く。

「……お前、まさかエース・テイラーか？」

それは米国の最大手ＩＴ会社の社長だった。

新商品を発売する度に話題になるため、ＳＮＳでもよく顔を見る人物だ。その上、世界的な影響力を持つインフルエンサーでもある。

エースは軽快に笑う。

「初めまして、少年探偵。ご察しの通り僕がそのエース・テイラーだ。つまらない駆け引きは嫌いでね、最初に言っておくが僕は君を応援している。次のゲームも君に勝ってほしい。君にも解《わか》るように説明するけど、君が相手にしているそこの少女、鳳凰寺若紫は、世界を支配する九人の権力者《パワーナイン》の一人だ。まあ僕と違ってシャイで表に出たがらないようだけどね。そんな彼女が、これだけ大勢の前で保証すると話しているんだ。まず間違いはない。僕が保証する」

そう自信満々に言うエース。

俺が黙っていると、エースは続ける。

「ゲームの話を続けようか。それで君の願いはなんだい？　何でも言ってみるといい。きっと若紫《わかし》が叶《かな》えてくれる」

俺は迷わず言う。

「俺の願いは二つだ。まず一つ、マーダーノットミステリーとかいうクソゲーを直ちに中止。プレイヤーを全員、無事に解放すること。それで二つ目は、姫野心音《ひめのここね》をデスゲーム運営から解放すること。俺が連れて帰って普通の生活に戻してやる。そんで二度とお前らクソ野郎共は関わるな。以上だ」

エースが軽く口笛を吹いた。

「お、いいねえ少年探偵。一つ目は予想していたけど二つ目は予想外だ。そういうヒロインを救う主人公みたいなの、とてもエンタメで面白いと思う。ただ一番のネックは、姫野心音の保護者がなんて言うかだ。子どもの恋愛というのは大抵、親が最大の障害になるものだが、そういう意味で姫野心音の保護者は世界で最大最悪だ。で、どうだい若紫？」

とエースが若紫に話を振った。

若紫は珍しく嫌そうな顔をしている。

「そうねえ。何でも願いは叶えると言った手前もあるし、もちろんその要求は呑《の》むわよ。ただ私としては、ちょっと嫌ねえ。心音を貴方《あなた》みたいな言葉遣いの悪い子に、お嫁に出したくはないわ」

エースが肩をすくめる。

「不満はあるらしいが否定はないようだ。確認をするが、若紫の方は少年探偵が勝利した場合は、マーダーノットミステリーを中止してプレイヤーを無事に解放する、あとデスゲーム司会の姫野心音の解放。……かつ君の片腕を切って吹っ飛ばす、という話でオーケーかい？」

若紫が首肯する。

「ええ、その決定でいいわよ。合意するわ」

俺には最後の条件が謎だった。

経緯は知らないが、若紫は心音の勝利に片腕を賭けているらしい。

エースが再び俺に訊《き》く。

「という訳で、君の要求は無事に通った。勝てば君の望みは叶うだろう。これが今回、最後のゲームだ。合意とみていいかな？」

正直、俺の腸《はらわた》は煮え繰り返っていた。

できることなら、今すぐこの場にいる全員を殴り倒したい。

俺は宣言する。

「――――いいだろう。この話に乗ってやる。ただしこのゲームだけじゃ終わらねえからなッ！　ここにいるデスゲームとかいう犯罪に加担しているお前ら犯罪者は、完膚なきまで叩《たた》き潰《つぶ》してＳＮＳに晒《さら》して炎上させて社会的に火葬して刑務所に叩き込んでやるから覚悟しやがれ！」

エースが軽快に笑う。

「若くていいねえ少年探偵。その威勢は買うけど、僕らを犯罪者として捕まえることは不可能だ。そこは諦めたほうがいい」

「あ？　なんで不可能だって言い切れるんだよ？」

エースが人差し指を立てる。

「どうして言い切れるのか、と問われると難しいんだが。そうだね。君はニュースとかはよく見るかい？　例えば社会で権力を持っている人間の犯罪や不正が、何故《なぜ》かその人間が死んだ後に発覚して問題になる……なんて話を見たことがないかな？　つまりそういう事だよ。金や権力のある人間は法律よりも強いんだ。……まぁ仮に僕らの犯罪が立証される事があるとすれば、それは僕らが権力の座から失脚した時だろう。少年探偵、君が絶対に犯人を捕まえる名探偵だとしたら、僕らはその対極、絶対に捕まえられない犯罪者という訳だ。面白い話だろ」

「全く面白くねえよ！　捕まえられないかどうかは、やってみないとわからねーだろ！」

「確かにそうだ。君みたいな若者は可能性に満ちているからね。天才の君なら可能かもしれない。まぁ頑張ってくれ……と言いたいところだが、まずはこれからのゲーム、銃撃戦に集中してくれ。最初に言ったが、僕は君を応援している。いいか少年探偵、本気で勝ちにいけよ……！　敵は姫野心音《ひめのここね》ではなく鳳凰寺若紫《ほうおうじわかし》だ。ほぼ確実に難易度ミディアムじゃ終わらないぞ。あぁそうだ、何かほしい武器はあるかい？　持ち込みは何でも可能だから、何かあれば僕が用意しよう。核ミサイル以外だったら何でも言ってくれ」

「……いらねーよ。あとそんなの言われなくてもわかってるっつーの」

個人的には、若紫が片腕を賭けるというのが気になっていた。

大抵の場合、こういう遊戯で絶対的な権力者がリスクを背負う状況というのは、絶対に負けない確信がある時だ。エースの言う通り、イカサマか何か仕込まれているのだろう。

若紫が微笑《ほほえ》む。

「それでは早速、最後のゲームの準備を始めるわよ。――レディ、少年探偵と心音の手錠を外してあげて」

そして若紫が指を鳴らした瞬間だ。

会場内で唐突に響く発砲音。

一瞬後れて、俺と心音《ここね》を繋《つな》いでいた手錠の鎖が破壊される。

発砲音の方を見ると、この会場には二階部分があり、そこには軍服の少女がいた。

軍服の少女はライフルをこちらに向けている。

どうやら狙撃されたらしい。軍服の少女とは五百メートルは離れており、そこからの狙撃だ。

……嘘《うそ》だろ。あんな離れた場所から手錠の鎖を狙って撃ち抜けるのかよ。化け物か？

一目で解《わか》る。世の中には俺の探偵の才能と同じように、戦闘に特化した才能を持つ人間も存在する。あの軍服の少女は、そういう感じの奴《やつ》だ。

手錠が壊れ、俺から心音が離れた。

若紫《わかし》は言う。

「あぁそれと少年探偵。心音から奪った拳銃を返してもらえるかしら。あの綺麗《きれい》な拳銃、私が心音にあげたすごく大事なものなの」

俺は若紫を睨《にら》みながら、内ポケットから例の黄金銃を抜き掲げてみせた。

「断る。こんな悪趣味な拳銃、さっさと処分したいぐらいだよ。どうしてもって言うのなら俺から奪ってみせろよ。そんでこの拳銃で俺を殺せるなら殺してみろ」

と俺は若紫に挑発するように言った。

若紫は笑う。

「その話は望むところよ。心音《ここね》、できるわね？」

心音は何も言わない。

かくして俺と心音は別れ、最後のデスゲームが始まる。

◆

デスゲーム観戦会場、地下施設の三階。碧《あお》との対話を終えた若紫《わかし》は応接室に戻った。

自分のもとに戻ってきた心音に、若紫は飛ぶように抱きついて言う。

「心音おかえりなさい！　私とても心配していたのよ。大丈夫だった？」

そんな明るい調子の若紫とは裏腹に、心音の顔は青い。

「……若紫様。こんなことになってしまって本当に申し訳ありません。司会なのに私、人質にされてしまって……」

「貴女《あなた》が無事なら、それでいいわよ。ああいうファンタジーの住人みたいな人間って偶にいるのよ。あんまり気にしなくていいわよ」

「……あと言いにくいのですが、兵器が動かなくなってしまい……」

「ああ、それは大丈夫よ」

言いながら若紫が心音の頭に手を伸ばし、兎耳《うさみみ》の形状をした装飾品に手を触れた。瞬間、それは発光する。

若紫は微笑《ほほえ》む。

「新型の戦術兵器は鹵獲《ろかく》されるのが一番怖いの。心音と私以外の人間が触れると自動的に機能停止する仕様だわ。それを使えば、あの少年探偵ぐらい簡単に倒せるでしょ？　心音の得意な銃撃戦だし」

「……まぁ倒すのは簡単だと思うのですが……」

「先ほど煽《あお》られた通り銃を奪還して、それであの少年探偵を撃ち殺しなさい」

「……えっと……」

碧を殺せと言われて心音の目が泳いだ。

若紫が優しく言う。

「ねえ心音。貴女のことだから殺さずに終わりにしようと思っているんだろうけど。もちろん、それでも構わないわ。でもね、実は私とっても怒っていてね。もしも心音が勝った後で、あの少年探偵が生きていた場合、とっても残酷な方法で殺すと思うわ。……だったら貴女が楽に死なせてあげた方がいいでしょう？」

「……はい……わかりました……」

「それとね。今回のゲームは私、貴女の勝利に片腕を賭けているの。貴女が負けちゃうと私の腕が切り落とされちゃうから。私も痛いのは嫌だし怖いし、何よりも可愛《かわい》いドレスが着られなくなっちゃうから必ず勝つこと。頼むわよ」

軽い調子でそう告げる若紫《わかし》。心音《ここね》は顔面蒼白《そうはく》で泣きそうな顔になった。


ゲームの準備で心音が去った後。

若紫が黒服に言う。

「ところで。この銃撃戦、噛《か》ませ犬にする二十人って誰を使う予定なのかしら？」

煙草《たばこ》の黒服が答える。

「……マーダーノットミステリーの生存者を、そのまま動員する予定でしたが……」

「それを使っちゃうと、銃撃戦が終わった後にマーダーノットミステリーを続けられないわ。ちょうど昨日、拘束した連中がいたでしょう？　折角《せっかく》だからあっちを使いましょう」

「拘束していた人間……というと、あのヤクザ達《たち》ですか？」

そのヤクザ達とは碧《あお》がビジネスホテルで倒した、マーダーノットミステリーのプレイヤー五十五番の仲間達であった。

五十五番は所属していた反社会的組織にデスゲームの情報を漏らしており、デスゲーム運営は今後に差し支えがあるとしてその組織の構成員を拘束、監禁していた。

殺処分する予定であったが、若紫の一存で話が変わる。

「どうせ処分する予定だったし、今回の銃撃戦の噛ませ犬にするにはうってつけでしょう？　弊社も最近は環境問題に取り組んでいるの。人間もできる限り無駄なく使い殺すのがエコだと思うわ」

そして拘束されていたヤクザ達は別室に集められ、デスゲーム運営は銃撃戦の参加を強要。当然、ヤクザ達は抵抗するが、レディが問答無用で二人ほど射殺すると静かになった。

拒否権も反抗の余地もない。

碧と心音の写真を見せ、この子どもを倒すことができたら、偉い人の気が変わって生きて帰れるかもしれない……と焚《た》き付ける。

そしてヤクザ達は銃火器や手榴弾《しゆりゆうだん》、短刀などを渡されて廃工場内に放たれた。


デスゲーム観戦会場、地下三階。

応接室に、デスゲーム運営の黒服達は大きな四角い箱を運び込んでいた。

それは中世ヨーロッパで使われていたギロチン台だ。

エースが失笑する。

「またそんな禍々《まがまが》しいものを持ち込んで。なんだい若紫《わかし》、負けた場合はそれで腕を切り落とすのかい？」

「そうよ。私のコレクションなんだけど、趣があっていいでしょ。観客もとても盛り上がると思うわ。まさか自分がギロチン台にかけられるとは思わなかったけど、とてもワクワクするわね」

言って若紫が愉《たの》しそうに笑った。

ギロチン台の下に椅子が置かれ、若紫が座る。

もしも心音《ここね》が負けた場合、ギロチンの刃が丁度若紫の右肩に落ちる位置だった。

「そんなのでワクワクするのは、世界中を探しても君ぐらいだよ。……そういえば若紫、一つ聞きたいんだが」

「あら何かしら？」

「あのワルサーPPKの黄金銃、あれも君のコレクションだろう？　あれはナチス・ドイツの最高幹部ヘルマン・ゲーリングの愛銃だ。なんであんな骨董品《こっとうひん》を、姫野《ひめの》心音に持たせていたんだい？　最新式の拳銃の方が圧倒的に性能もいいじゃないか。何か理由でも？」

その質問に、若紫は滔々《とうとう》と語る。

「そうねえ。深い意味はないんだけど。心音ってとっても優しい子で、どれだけ言っても絶対に人殺しを避けようとするのよ。だから心音には、あの銃の似合うような殺戮者《さつりくしゃ》になってほしいな……という私の個人的な願いがあるわ」

「また大迷惑な親の願いだね。どうしてそこまでして姫野心音に人殺しをさせたがるんだ？」

「それは完全に私の趣味だわ。……名前の話になるんだけど。姫野心音の心音って、とってもいい名前でしょう。恐らく心音の亡くなったご両親が、心優しい子に育ってほしい……という願いを籠めてつけた名前だと思うの。そんな名前を持つ子が私利私欲で平然と人を殺す殺戮者になったら、とっても可愛《かわい》くて素敵だと思わない？」

とても可愛らしく、そんな話をする若紫。

エースが肩をすくめる。

「要するに、綺麗《きれい》なものを汚したいみたいな、そういう快感かい？」

「うーん、それとはちょっと違うわ。どちらと言えば人間のギャップよ。ギャップのある人間というのは魅力的という話だわ」

「なるほどね。僕にはよく分からないというのが、よく分かったよ」

最後にエースは諦めたように嘆息した。

◆

俺は黒服に案内されて地上の廃工場に戻る。

どうやら、此処《ここ》で銃撃戦をやらせるつもりのようだ。

煙草《たばこ》の黒服が俺に聞く。

「……最後にもう一度聞くが。何かほしい武器があれば用意するぞ」

「何もいらねーよ。武器なら持ってるし、拳銃はコイツもある。まぁ使うつもりないけど」

と俺は黄金銃を抜いてみせた。

黄金の装飾の施されたワルサーPPK。とても古い銃のようだが改修とメンテナンスはされているらしく、一応、問題なく発砲できることを俺は確認していた。

ワルサーPPKで装填《そうてん》されている弾丸は七発。

装弾数の上限は八発だが、一発ないのは輸送機の中で心音《ここね》が撃った分だろう。

俺は心音だけ無傷で倒して、この銃撃戦を終わりにするつもりでいた。なので身軽な方がいい。

すると煙草の黒服が煙を吐く。

「……いらないなら良《い》いが。心音様以外の武装している二十人はヤクザだ。当然彼らにも拳銃や手榴弾《しゆりゆうだん》を持たせてある。そこも考えたほうがいい」

「……二十人って話は聞いてたけどさ。そのヤクザ、どっから集めてきたんだよ……」

俺はうんざりする。

まあ先程の軍服の少女が出てくるのなら考えるが、普通のヤクザ程度なら基本的には探偵七つ道具で何とかなるだろう。拳銃の出番はないのが理想だ。

……ま、俺は天才だし大丈夫だと思う。

煙草の黒服が説明する。

「銃撃戦を行うこの廃工場は四方一キロの広さがある。全ての出入口は電子的に鍵が掛けられ外へ出ることはできない。工場内部には、医務室や食堂、仮眠室もありそれらの部屋には鍵を掛けていない。隠れるなり細工するなり自由に使うといい。君のスタート地点であるここは工場の一番北側の端。心音様は南側からスタートとなる。そして武装したヤクザ達《たち》は、工場の中央で放たれる。……それとデスタブは持っているな。新しいアプリを配信して工場内の地図と、あと武装したヤクザ達の残り人数が解《わか》るようになっているから確認してくれ。ゲーム開始後は、我々はマーダーノットミステリーと同様に、君に干渉できない。何かあれば全てそのデスタブで連絡をとる」

そんな説明をされて俺はデスタブを見る。

言われた通り、デスタブの画面にはアプリのアイコンが増えていた。工場内の地図とヤクザ達の残り人数が解るようになっている。

と、俺はここで気づく。

マーダーノットミステリーで使われたデスゲームSNSや電話のアイコン等《など》はそのままだ。

俺が考え込んでいると、煙草《たばこ》の黒服が咳払《せきばら》いをする。

「……説明は以上だ。最後に、何か質問はあるか？」

微《かす》かに逡巡《しゅんじゅん》して、俺は答える。

「いや、特にない」

「そうか。では十分後にゲームは開始される。健闘を」

そう言い残し、煙草の黒服は去って行った。

さて。相変わらずスマホの電波は入っておらず、ここから先は杏《あんず》なしの一人で切り抜けなければならない。

一人残された俺は、デスタブに再び視線を向ける。

……よし。とりあえず試してみるか。

このデスタブは、仕様が変えられていなければデスゲーム司会の心音《ここね》に連絡がとれたはずだ。

試しに俺は心音に電話を掛ける。俺の予想は当たったらしくコール音が響いた。

心音が電話に出るかは不明だが、やってみる価値はある。

しばらくコール音が響き……そして予想外にも、電話が繋《つな》がった。デスタブの向こうか

ら、

「……なんでしょうか」

と弱々しい心音の声が聞こえてきた。

俺は直球で話す。

「なあ心音、取引しよう。はじめから言ってるけど、俺は心音に危害を加えるつもりは毛頭ない。俺が若紫《わかし》に言った話を覚えてるだろ。このゲームは勝とうと負けようと心音は安全だ。だからこのゲーム、投降してくれない？」

作戦その一、平和的な話し合いによる解決。

心音は一緒に行動していた限りだと、好んで戦うタイプではない……と思う。心音もこんな戦いは望んでいないはずだ。

俺の言葉通り、心音は勝敗がどっちに転んでも安全は保障されている。なので心音を懐柔して投降させれば、それで全てが丸く収まる訳だ。

これが俺の考えた、戦わずして勝つという孫子《そんし》の兵法である。

しかし心音は、その取引には否定的だった。

「……それはできません。私は若紫様を裏切る事ができないんです……」

「なんでだよ。あんなの普通に犯罪者じゃねーか。構うことはないだろ」

「……確かにそうかもしれないですが。私は若紫様がいなければ、とうの昔に死んでいました。それに私が負けてしまうと、若紫《わかし》様が片腕を失ってしまいますし……。そんなの私が耐えられません……」

クソめ。若紫が片腕を賭けるという話は、心音《ここね》の裏切りを予防する目的もあったのかもしれない。

この作戦は失敗のようだ。

俺は言う。

「じゃあ俺と戦うのかよ？　止《や》めとけって。俺が天才なのは知ってるだろ。才能がない平凡な心音じゃどうやったって俺には勝てないって。大体さ、心音はいつまでデスゲーム司会なんてやってるつもりなんだよ。よく考えろよ」

「………どうして、そういうこと言うんですか？」

心音の感情のスイッチが入る。そんな音が聞こえたような気がした。

口調を荒らげて心音が続ける。

「確かに貴方《あなた》は天才です。でも、才能のない人間はどれだけ努力しても勝てないというのは、あんまりじゃないですか。才能のない私みたいな人間は、ずっと負けたまいろって言うんですか？　惨めに生きていろって言うんですか？　人生の勝敗は生まれた時点でもう決まっているとでも言うんですか!?　そんなのあんまりです、酷《ひど》すぎます。人をあまり――――馬鹿にするなッッッ！」

そして一方的に通話が切られる。

……。

……これは、またやってしまった感。

ここで心音を怒らせる事に何のメリットも無い。失策だ。

なんだろう。俺はいつもこれだよな……。

別に俺は心音を怒らせるつもりはなかったのだが。

口が悪い、他人への配慮がないと言われ続けてきているが、本当にこればっかりは改善しようがなかった。自分の悪癖をいつまでも直せず、過ちを繰り返している。

たまに自分が嫌になる。

「……本当、俺はどうすればいいんだろうな。教えろよセブン……」

と俺は友人の名を口にする。

そして思い出す。

俺はどうすればいいのか。

心音と次に会ったとき、俺は何を言えばいいのか。

そんな話は、随分と前にセブンが結論を出していた。

……何にしても、まずこの銃撃戦で勝たなくてはならない。塞ぎ込んでいる時間はなかった。

デスタブを見ると、開始まであと五分だ。

俺のスタート地点はここだと説明を受けたが、銃撃戦が開始するまでスタート地点から動くなとは言われていない。

駄目と言われていないという事は、やっても問題ないというのが俺の解釈だ。

早々に俺は動き出し、まずは工場の中央に向かう。

◆

碧《あお》との通話が切れた後、心音《ここね》は放心した様子で立ち尽くしていた。

……姫野《ひめの》心音が激怒することは非常に珍しい。

廃工場の南側の端。碧とは真逆の地点。

心音は一人きりであったが、暫《しばら》くして人影が現れる。それは天然パーマの黒服と、デスゲーム司会にして心音の妹の由岐《ゆき》だ。

天然パーマの黒服は銃火器などが積まれたカートを押していた。

由岐が心音に元気よく駆け寄る。

「あっ、拉致されてたお姉ちゃんだ！　元気だった？」

心音《ここね》は何も答えない。

黙って妹の由岐《ゆき》を抱き寄せる。

後れて天然パーマの黒服が言う。

「……心音様。若紫《わかし》様が応接室にギロチン台を設置した。……これ心音様が負けたらマジで腕が落ちるやつだから、頼むから勝ってくれ」

幹部黒服として、それは切実な願いだった。

万が一、心音が負けた場合。また若紫が何を言い出すか解《わか》らない。今のところ有耶無耶《うやむや》となっているが、誰かが責任を取らなければならないだろう。

心音は由岐を抱きしめたまま何も言わない。

少ししてやりづらそうに、天然パーマの黒服が頭を掻《か》きながら言う。

「……こんなことお願いするのも申し訳ないんだが、俺達《たち》が無事に終わるには、心音様が勝って終わりにするしかないんだ。たぶんこれが終われば、心音様はしばらく司会から外されると思う。だから本当に頑張ってくれ」

そしてようやく、心音が返答する。

「……いつも通り、全員撃ち倒せばいいんでしょ？　やればいいんでしょ、わかってますよ。そんなこと」

心音は由岐を離し、顔を上げた。

天然パーマの黒服が盛大に息を吐いた。

「まぁその通りだな。使えそうな武器を持ってきたから、好きに選んでくれ」

運ばれてきたカートの中には、防弾ジャケットから拳銃、ライフル、短機関銃と様々なものが入っていた。

その中から心音は小さな拳銃、ベレッタM950だけを拾った。スーツの下にタクティカルベストを着込み、ポケットに予備のマガジンをねじ込んでいく。

天然パーマの黒服が眉を顰《ひそ》める。

「おい。ヤクザ達にも拳銃や手榴弾《しゅりゅうだん》が渡されている。もっと火力の高いのを持っていけよ」

そう言って天然パーマの黒服は短機関銃の一種ともされる、FNP90を渡そうとするが心音は首を左右に振った。

「いえ、身軽な方がいいので。銃はこれだけでいいです。頭の兵器もありますし……それに――――」そして心音が言う。「――――どちらかと言えば私、拳銃よりもこれでぶん殴って倒したい気分なんですよ」

そう言った心音の手には、装甲手袋《ガントレット》があった。それはチタン製の、碧《あお》が心音にプレゼントしたものだ。

天然パーマの黒服が笑う。

「まぁ好きにしてくれ。何やっても最終的には例の兵器で終わりだしな」

心音《ここね》は手慣れた手付きで、ベレッタの点検を始めた。

スライドを引いて薬室内に弾丸がないことを確認、さらにもう一度引き弾丸の装填《そうてん》を確認。手慣れた様子でチャンバーチェックを行いながら、心音は独り言を呟《つぶや》く。

「……私はいつまでこんな事をやってるんだろ……」

天然パーマの黒服は応じず、苦笑した。

しかしこれに由岐《ゆき》が答える。

「逆にお姉ちゃんは、いつまでこんな事をやっていたいの？」

突然、妹にそう問われ心音は豆鉄砲を食った鳩《はと》のような顔になった。

しばらくして微笑《ほほえ》む。

「……わかんないや。由岐は何かしたいことがあるの？」

「美味《おい》しいものが食べたい！　お姉ちゃん、焼肉とか美味しいもの食べてたでしょ！　私も食べに行きたい！」

由岐は幼いため状況があまりよくわかっていないらしく無邪気だった。

心音は笑いながら最後に告げる。

「そっか。今度、連れてってあげるね。……じゃあ、行ってくるね」

心音は由岐に背を向けた。

天然パーマが由岐の手を引き、銃火器の入ったカートと共に去って行く。

再び一人残された心音。

心音がスマホを見ると、丁度デスゲーム開始のカウントダウンがゼロになるところであった。

そしてプレイヤー全員が持つデスタブのアラームが鳴り、銃撃戦の開始を告げた。

◆

廃工場の中央。

そこには作業員の詰所だった小屋があった。

銃撃戦に強制参加させられたヤクザ達《たち》が集合している。その数は説明された通り二十人。

全員がトカレフや手榴弾《しゆりゆうだん》で武装していた。

ヤクザ達の首には、デスゲームプレイヤーと同様、例の首輪がついている。

ヤクザ達は烏合《うごう》の衆という訳ではなく、一人の神経質そうな眼鏡のインテリヤクザが中央で指揮をとっていた。

リーダー格のヤクザが不機嫌そうに近くにあった椅子を蹴飛ばす。

「デスゲームだか何だか知らねえけどさ！　とにかく、子ども二人をぶっ殺せばいいんだろ!?　何も難しい事はないじゃねえか！　お前ら、さっさと終わらせんぞ！」

　取り巻きの一人が、おずおずと応じる。

「……いやでも兄貴、これ絶対におかしいですって。デスゲームなのは解《わか》るんですけど、拳銃や手榴弾《しゅりゅうだん》を渡されて二十人で子ども二人殺せって、露骨に簡単すぎますって。何か絶対に罠《わな》があると思うんですが……」

　このヤクザ達《たち》には、これまでのデスゲームの経緯や情報は何も知らされていなかった。

……それは確かに。と、リーダー格のヤクザは少し考え込んで、指示を出し始める。

「じゃ念には念を入れて、作戦を立てる。五人ずつで四班、A、B、C、D班に分ける。相手は子ども二人だ。武器はまぁ持っているんだろうが、頭数ではこっちが圧倒的に有利だ。俺が逆の立場で一人で多人数と戦うなら、ゲリラ的な奇襲で数を減らそうとする。恐らくこの子ども二人もそう考える可能性が高く、正面から来る可能性は低い。で、こっちは各個撃破の作戦で、この弱そうな女の方から狙う。まずA班が先行して南に向かい、その後にB班が続く。仮に何か罠があっても、A班が対応している間に、後続のB班が倒せば良い。C班はそれぞれ、この詰所の付近に散って警戒。俺を含めたD班はここに残って待機。女を殺したらすぐに戻ってこい。そうしたら次は男の方だ」

　そのリーダー格の指示は非常に合理的だった。

十九人のヤクザはその指示に従い、行動を始める。

二班に分かれた十人が心音《ここね》の方に向かい、五人がこの詰所の周辺に散らばる。そして詰所にはリーダー格のヤクザを含めた五人が留《とど》まった。

詰所に残った五人。リーダー格のヤクザは、その中で最も若いアフロのヤクザに指示を出す。

「おい、お前は外に出てドアの前を警戒してろ」

言われたとおり、アフロのヤクザは扉を開けて外に出て行く。

と、次の瞬間。何か電気のような音が響いた。

リーダー格のヤクザが不審そうに怒号を飛ばす。

「おいアフロ！　なんか変な音したけど、何かあったか⁉」

少しして、扉の向こうから応じる声があがる。

「――――いや、マジで特になんもないです」

開いた扉の隙間でアフロが動いていたため、リーダー格のヤクザは問題ないと判断したのだろう。視線を扉から逸《そ》らす。

◆

「いや、マジで特になんもないです」

スタンロッドで詰所から出てきたヤクザを一人気絶させ、俺はそう声をあげる。

そのヤクザのアフロはカツラで、気絶して倒れたら頭から取れてしまった。

詰所の中から別のヤクザの声が飛んできたため、俺は慌てて取れたアフロを拾い上げ、扉の隙間からピコピコ左右に動かして健在であることをアピール。

詰所からそれ以上の追求はなく、誤魔化《ごまか》す事に成功したらしい。やったぜ。

倒したアフロのヤクザの持ち物を漁《あさ》ると、手榴弾《しゆりゆうだん》三つとトカレフが出てきた。意識を取り戻して使われても面倒なので没収する。

ヤクザは残り十九人。

外から詰所を観察していた限り、十五人がここから出て行った。そのうち十人は心音《ここね》の方に向かったため、俺と心音を一人ずつ倒していく作戦なのだろう。

開いた扉の隙間から、俺はそっとスマホのカメラを出して詰所の中を撮影、様子を窺《うかが》う。

コンクリート製の詰所の中にいるヤクザは全部で四人。全員が拳銃、恐らくはトカレフを所持していて、それ以外の武装は不明だ。

出入りするための扉は俺のいる方と反対側に二つ。詰所には複数の窓があるが、全て磨《す》りガラスのため中は見えない。中を窺うのも、侵入するのもこの出入口しかない。

ここからどうするか……。

俺はアフロを頭に装備しながら考える。

天才名探偵の俺でも、さすがに拳銃を持つヤクザ四人と正面から戦うのは無理だ。

今のアフロのように一人ずつ出てきてもらえると助かるんだが……。当然、向こうも馬鹿ではなくそうはいかないだろう。

……というか俺的には、心音の方が気になっていた。

俺は正直、心音がそんな強いとは思えない。むしろ弱い小動物、ウサギのようなイメージ。

どうしてデスゲーム司会をやっていたのか解《わか》らないぐらいだ。

……向こうに十人行ったけど、あいつ大丈夫なのか？

ここのヤクザを早く倒して、心音のところに向かった方がいいかもしれない。

俺が攻め込む機会を窺っていた――次の瞬間だった。

唐突に銃声が響く。

詰所の中から悲鳴があがる。

銃声は俺の方ではなく、反対側からだ。

俺がそっと中を覗《のぞ》くと詰所の磨りガラスに穴が空き、中央にいる眼鏡のヤクザが右肩から血を流して蹲《うずくま》っていた。

え。何が起こった……？

俺が状況を把握しようと頭を動かした刹那。銃撃のあった磨《す》りガラスとは別の窓を突き破り、一人の小柄な人影が飛び込んできた。

心音《ここね》である。

ガラス片と共に、拳銃を構えた体勢で詰所の床へ落下していく心音。落ちながら再度発砲、三度の銃声が轟《とどろ》く。詰所にいた別のヤクザの両の肩に命中、吹き出す血飛沫《ちしぶき》。心音が流れるように受け身を取って立ち上がるのと、別のヤクザが心音に銃口を向けたのは同時だった。

が、そのヤクザは頭上からガラス片が降り注ぎ怯《ひる》む。先程の三発目、最後の弾丸は天井付近の窓を貫いていた。数瞬後には、その怯んだヤクザも両肩が撃ち抜かれる。遅れて乾いた音を立てて床を叩《たた》く空薬莢《からやっきょう》。

残るヤクザは一人。

瞬く間に三人が倒されて最後の一人は唖然《あぜん》としていたが、気を取り直したように心音に拳銃を向けようとする。

しかし心音の打撃の方が早かった。一撃の殴打で顎を捉えられたヤクザが沈む。

よくよく見ると心音は素手ではなく、左手に見覚えのある装甲手袋《ガントレット》をはめていた。俺がプレゼントしたやつだ。

躊躇《ちゅうちょ》なく、心音が拳銃を向けて殴り倒したヤクザの両肩に弾丸を叩き込む。

それは数秒の出来事だった。

詰所が心音によって制圧される。

「このクソがあああああああああああッ!?」

最初に撃たれた眼鏡のヤクザがいつの間にか拳銃を持っており、倒れたまま心音を撃とうとする。

何も言わず心音は眼鏡のヤクザに向けて引き金を引き、今度は最初に撃ち抜いた方とは逆の肩に風穴が空いた。そして気絶したらしく動かなくなる。

詰所の中で両の足で立つのが心音だけとなる。

心音は手慣れた様子で拳銃のマガジンを交換していた。

……心音の拳銃は観察する限り、たぶんベレッタ。装弾数は十五発。まだ弾丸は残っているはずだが、これは敵に弾切れを悟られないようにするため、弾切れ前にリロードしているのだろう。いわゆるタクティカルリロードだ。

……何これ、やばくね？　心音、めっちゃ戦い慣れしてるじゃん……。

しかも全てのヤクザは死んでいない。無抵抗にするために全員、両の肩を撃ち抜かれていた。

今の制圧に無駄弾はなく、全て必中である。

つーか俺は探偵なんだが？？？

探偵にガンアクションをぶつけてくるのは止《や》めろ。

さっき俺は、心音《ここね》は弱いウサギのイメージと称したが前言撤回する。

あれは暴力ウサギだ……。

心音は俺に背を向けた形で立っており、俺はこっそり観察を続ける。

と、頭の中で俺の直感が警鐘を鳴らした。

扉の隙間から中を窺《うかが》っていた俺は、慌てて頭を引っ込める。するとそれと同時に心音は、目も向けず背後にいた俺に向けて発砲してきた。

的確に撃ち抜かれる俺の頭のアフロ。

アフロがなかったら即死だった！

訳がわからない。何で顔も向けていないのに、俺の場所が解《わか》ったんだ……？

そもそも冷静に考えると、最初から不可解だ。

この詰所の窓は全て磨《す》りガラスで中の様子は見えない。

心音は最初、磨りガラス越しにヤクザを狙撃した様子だが、どうやって中にいるヤクザの場所を捉える事ができたんだ……？

とりあえず俺は戦術的撤退を決定。全力で逃げ出す。

遠くで銃声が木霊する。

十分に心音から離れたところで、俺は工場の医務室らしき小屋を発見。梯子《はしご》もあり屋根に登る。

探偵七つ道具の一つ、双眼鏡で銃声の発生源を探すとすぐに心音は見つかる。

心音は丁度、一人のヤクザを撃ち倒したところであった。もう勝負の体を成しておらず、戦いは一方的だ。誰も心音を止められない。

ヤクザの中には隠れるものもいたが、心音は何も迷うことなく見つけ出して撃ち倒している。

通常の射撃は相手を探して狙いを定めて撃つというプロセスが必要なはずだが、その最初の探すというプロセスが無い感じ。

サーチ＆デストロイではなく、ひたすらデストロイしている。明らかに動きが異常だ。

しかも弾丸が百発百中。いやこれは絶対におかしい。

先程の詰所の状況と勘案すると、明らかに何かある。

するとその時、心音が俺の方を向いた。

双眼鏡で覗《のぞ》く俺と、目が合う。

胸がドキッとした。もちろんこれは恋の始まりではない。

……なにあれ、こわ。

心音《ここね》は完全に、俺やヤクザの場所をはじめから把握している。

いや、なんで距離が離れている俺の場所までわかるんだよ。おかしいだろ常識的に考えて。

よく見ると心音の頭についている、あの兎耳《うさみみ》のような装飾品が僅かに発光していた。

……あれ絶対に何かのイカサマ機械だろ……。

正直、あの心音と正面から戦って勝てる気がしない。

どうにかして奇襲を仕掛けるしかないが、仮に何かしらの手段で心音がこちらの位置を把握しているとすれば奇襲は不可能だ。

まず心音のイカサマを解明して、それを逆手に取るしかない。

双眼鏡の向こうで、ヤクザが心音に手榴弾《しゅりゅうだん》を投げた。しかし心音は投げられる前に手榴弾だと気づいていたような動きで、走って手榴弾をキャッチ。投げ返している。

おい！　あの暴力ウサギはいい加減にしろ！

俺は思う。

つーか、仮に予想通りイカサマ機械を持っていたとして。ここまで強いのなら何で俺はあの輸送機で、簡単に心音に勝てたんだ……？

あの時は心音の目を盗んで発煙弾を投げたが、今の心音を見る限りだと発煙弾を投げても普通に気づかれると思う……。心音がわざと負けたという可能性も考えにくい。

……となると、心音《ここね》のイカサマ機械は輸送機という環境下では稼働しないものだったのか……？


考えろ俺。これはマジでヤバい。心音のイカサマを見破れないと勝てない気がする。

俺は血眼になって心音の銃撃戦を観察する。

双眼鏡の向こうで心音は、再びヤクザと交戦していた。ヤクザが心音に向かい手榴弾《しゅりゅうだん》を投げ、心音は回避行動を取る。

手榴弾が爆発。心音が受け身を取りながら、ヤクザに向けて発砲。と、ここで初めて心音は射撃を外した。

……どうして今、一発外したんだ……？

俺は疑問に思い双眼鏡から目を離す。

そこで俺は、自分の足下で何かが動いているのに気づく。それはコウモリだった。付近では至るところでコウモリが苦しむようにもがいていた。

……これは、もしや……。

俺は下の医務室にあった布団を担いで、再び屋根の上に登る。布団を被《かぶ》りながら、もう一度双眼鏡だけ出して心音の方を見た。

ヤクザを撃ち倒した後、心音が先程と同様にこちらを向くが……今度は目が合わない。

それどころか、俺を探すように頭を動かしている。

……詳細不明だが、心音は恐らく音波を使っている。

布は音波を通しにくい。だから布団に入った俺を見つけられないという訳だ。

音波は風の影響を受けるため、それなら風の入り込んでいた輸送機で俺が勝てたのも解《わか》るし、手榴弾の爆風で射撃を外したのも説明できる。

やはり布団は最高だぜ。お布団の中こそが世界で一番安全な場所であると証明されてしまったらしい。外の世界は危険がいっぱいだ。俺も早く帰って布団で寝たい。

デスタブを確認すると、ヤクザは残り二人。

もはや最大の障害はヤクザではなく心音だ。

一対一で戦うより、ヤクザがまだいる内に奇襲を狙うのが得策だ。

俺は梯子《はしご》で屋根から降り、布団に包《くる》まりながら走る。

俺が心音を肉眼で捉えた頃。

心音は最後のヤクザ一人と交戦していた。やはり布団に包まって近づいた俺に、心音が気づく様子はない。

俺は物陰に隠れながら、できる限り接近していく。

最後のヤクザが倒された所を狙って、俺は探偵七つ道具である手持ちの発煙弾、三つのピンを全て抜いた。

そして布団の中から心音に向けて投げる。続けてヤクザから没収した手榴弾も投擲《とうてき》。

投げられて初めて気づいた様子で、心音《ここね》がこちらを向いた。

俺は布団から飛び出して黄金銃の引き金を引く。ただの牽制《けんせい》だ。

三つの発煙弾が心音の付近で白煙を撒《ま》き散《ち》らした。そして心音が飲み込まれ見えなくなり、煙の中で俺の投げた手榴弾《しゆりゆうだん》が地面を叩《たた》く音がした。

やることをやり、俺は勝負に出る。

俺は心音の行動を、推理する。

手榴弾が落ちたのは心音も気づいているはずで、次は回避行動の一択だろう。俺は事前に、黄金銃で牽制していた。なので拳銃を持つ相手に対して動くとしたら、弾道から逸《そ》れるように左右に逃げる。つまり白煙の右から出るか左から出てくるかの二択。そして心音は右手に拳銃を持っている。地面に手をついて受け身が取れるのは、左手だけとなる。

心音は俺から見て、白煙の右側から飛び出してくると推理。俺はそちらに駆け出して何もない空間に向かい、スタンロッドを突き出す。

そして俺の推理通り――――回避行動をとった心音は白煙の右側、俺のスタンロッドの先に飛び出してきた。

刹那、心音と俺は目が合った。

俺は勝利を確信する。

手榴弾の威力を回避する隙を突く形で、俺は心音にスタンロッドを命中させた。違法改造のスタンロッドから青白い電流が迸《ほとばし》る。

そして心音は電流で倒れ――――なかった。

俺の思考が凍る。

計算外だ、おかしい。スタンロッドの電流は間違いなく当たっている。直撃なら大の大人でも一発で気絶する威力だ。

よくよく見るとスタンロッドは、心音が左手につけた装甲手袋《ガントレット》に当たっていた。その装甲手袋は俺が心音にプレゼントしたもので、その材質はチタン製である。

……チタンは電気を通しにくい。

その事に気づくのと同時に、俺は心音に拳銃のグリップで殴られた。

俺は地面に転がる。起き上がろうとすると、心音に銃口で頭を押さえつけられた。

気がつけば心音の手には黄金銃がある。

さっき殴られた時に奪われたらしい。

あ、詰んだこれ。

視線だけ上を向けると、無表情の心音の顔があった。

俺は皮肉げに笑う。

「……まさか自分がプレゼントしたもので足をすくわれるとは思わなかったぜ。心音さぁ。俺はお前を助けようとしてたんだけど。そんな俺に銃口を向けるのは酷《ひど》くないか？　良心は痛まないのか？」

心音《ここね》が淡々と言葉を紡ぐ。

「痛むに決まってるじゃないですか。私だって人間なんですよ。……ごめんなさい。最後に、貴方《あなた》を殺す言い訳をさせて下さい。ここで貴方を殺さないと、若紫《わかし》様が貴方をとても残酷に殺すって言うから……。私は、兵器の的にされて酷《ひど》い殺され方をした人達《たち》を沢山見てきました。貴方をそんな目に遭わせたくありません」

心音の頬《ほお》に水が流れた。

俺は失笑する。

「……泣くぐらいなら止《や》めろよ、こんなクソゲー」

「私だって止められるなら止めてますよ。でも現実は止められないし、誰も助けてくれないから、やるしかないんです」

「……だから俺が助けてやるって、言ってるじゃねえかよ……」

「自分すら助けられない貴方に、他人を助けられるとは思えません」

「……じゃあ心音はさ。もしもここから俺が逆転勝利したら、その時は俺を信じろよな」

「どれだけ貴方が天才でも、どうにかなる状況とは思えませんが」

「……俺は天才名探偵だぞ。これで殺せるとでも思ってるのか？」

「殺せますよ。どれだけ才能がある人間でも、鉛弾を頭に撃ち込まれて死なない人間はいません。……これが本当に最後です。貴方が私を助けようとしてくれたの、プレゼントをくれたの、少し嬉《うれ》しかったです――」

そして最後に、付け足すように心音は言う。

「――碧《あお》、ありがとうございました」

……なんか初めて名前で呼ばれた気がする。

悪い気分ではなかった。

俺は口元を吊《つ》り上げる。

「ああ、気にすんなよ。来年も何か買ってやるから楽しみにしとけ」

「そうですね。楽しみにしてます。それでは――さよなら」

心音が黄金銃の引き金を、引いた。

そして吹き飛ぶ。

……残念ながら、吹っ飛んだのは俺の頭ではない。

黄金銃の方だった。

銃身から弾丸を撃ち出せず自壊。スライドの上部が砕けて四散する。

簡単な話、ジャムったのだ。

心音の手から黄金銃の残骸が落ちる。反動で心音は尻餅をついた。

「――え、なんで……？」

茫然自失《ぼうぜんじしつ》とする心音《ここね》に、今度は俺がトカレフを突きつける番だった。

ヤクザから没収したものだ。勿論《もちろん》使うつもりはない。

俺は宣言する。

「だから言ったろ。俺の勝ちだな」

「……どうしてですか？　何で突然、私の銃が暴発したんですか……？」

「銃身にこれを流し込んでおいた。都内に戻ってきた時、一緒に買ったろ」

と言って俺はポケットからそれを取り出す。

瞬間接着剤だった。

それはマーダーノットミステリーで都内に戻ってきた際、首輪に巻く防音シートと共に買ったものだ。防音シートを接着するために購入したが、まさかここで使うとは思わなかった。

心音は自分の両肩を抱いて震える。

「……嘘《うそ》です。だって貴方《あなた》、さっきその銃で撃っていたじゃないですか……」

「そうだよ。あれはお前に前後に動かれるのを封じるのと……あとこの拳銃は細工されていないと思い込ませるために撃ったんだ。接着剤を入れたのは撃ったあとすぐ。お前が煙の中にいるときだな」

俺は心音に勝負を仕掛ける寸前。

黄金銃の銃身に接着剤を流し込み、動作不良を起こすように細工していた。

「……意味がわかりません。なんでですか。最後にこういう展開になって、私が暴発の仕組まれた拳銃の引き金を引くと解《わか》ったんですか……」

「おいおい、そこはタネも仕掛けもない。銃撃戦が始まる前に俺が煽《あお》って、若紫《わかし》がお前にそうするように言ってただろ？　こういう展開になるのは初めから解ってたんだよ。だから俺は最後に黄金銃が暴発するように仕掛けた。だからさ――」

そして俺は事実を突きつける。

「――このゲーム、俺の煽りの意図に気づけなかった時点で決着はついてたんだよ。ある意味で始まる前から終わってたんだ。こんなクソゲー」

「……なんなんですか……。この人間の才能差みたいな勝負の決まり方は。この世界は本当に理不尽すぎます。うううううううううっ……。私はどうすれば幸せになれるんですか……」

泣き始める心音。

俺はばつが悪くなり、頬《ほお》を掻《か》いた。

「あーもう泣くんじゃねえよ。普通に生きればいいじゃんかよ」

泣き崩れている心音に俺が困っていると、それは突然起こった。

心音の頭にある装飾品が突然、強く発光する。

重低音を響かせて空気が振動し始めた。

俺の直感が、これはヤバいと告げるがもう遅い。

酷《ひど》い目眩《めまい》に襲われた。内臓が殴られたように身体《からだ》の内側が痛む。とても立っていられず、俺は這《は》いつくばった。

……何が、起こっているんだこれ……？

目前の心音《ここね》は気絶したらしく、倒れていた。

頭の装飾品だけが禍々《まがまが》しい光を放っている。

あれが原因に違いなさそうだった。

俺はかろうじて歩き、落ちている布団を拾って被《かぶ》る。途端に症状が少し軽くなった。

不明だが引き続き、音波による何からしい。病院には体内の結石を超音波で破壊する医療機器があるが、そういう類いだろうか……。

……心音の頭にあるあれは、オカルト科学兵器か何かか？

だからさ！　俺は探偵なんだっつーの！

SFとか現代ファンタジーみたいな道具を持ち出すのは止《や》めて！

しかし――これは不味《まず》い――。

さすがの俺もどうしようもなかった。為《な》す術《すべ》がない。

布団の中で俺の意識が遠退《とおの》いていく。

◆

倒れた碧《あお》と心音を見て、エースが忍び笑いを漏らす。

「あれはなんだ？　音波によるレーダーか音響兵器かい？」

若紫《わかし》が微笑《ほほえ》む。

「その通り。心音が持っている戦術兵器は、弊社のＡＳＩ《人工超知能》を利用して開発した三世代先の次世代型レーダー音響兵器よ。要するに音波レーダーと長距離用音響装置の発展型よ。アメリカ軍だって一昔前にソマリアで海賊に音響兵器を使っていたでしょ？　現行の兵器では不快な音で暴徒を鎮圧するぐらいの威力が精々だけど、心音の持つ兵器は屋内の環境だと、半径一キロメートルにいる人間を行動不能にして、十五分足らずで内臓を破壊して殺害できるわ。……ちょうど殺傷能力の実験もしたいところだったから、あそこにいる人間には全員、被検体になってもらうわ」

「君の可愛《かわい》い姫野《ひめの》心音はどうなるんだい？」

「装備している人間は死なない設計になっているわ。まあ多少ダメージがあるでしょうけど、そこは我慢してもらうしかないわね」

「……しかし何が銃撃戦だよ。とんだ茶番だ。君は初めから、あの兵器を使えばすぐにでも姫野心音《ひめのここね》の勝利でゲームを終わらせる事ができた訳だ。ナイフとか拳銃みたいな戦いの中に、ミサイルを撃ち込むようなもんじゃないか。君が腕を賭けるなんて言い出したのも納得だよ。姫野心音が負ける結末なんてあり得ないからね」

苦笑するエースに若紫《わかし》は何も答えず、ただ邪悪な笑みを顔に張り付かせていた。

……。

……くそ。いくら碧《あお》でも、ここまでか……。

僕、セブンは若紫とエースのやりとりをモニター越しで見て葛藤していた。

姫野心音が持っている兵器は完全に想定外だった。

いくら碧が天才名探偵と言えど、これはもう探偵がどうにかできる次元ではない。

……碧をどうにかして、助けなければならない。

あのレーダー音響兵器の正体は超音波であり、風のない密室で最大の威力を発揮する。なので廃工場内のシャッター、換気扇、出入口などを全て開放してやれば効果は弱まるだろう。

そしてその出入口から碧は逃走できる。

あの廃工場はデスゲーム関連施設で、出入口やシャッターなどは全てシステムで一元管理され電子ロックが掛かっている。

つまり、権限のある僕なら操作して開放する事は可能だ。碧を助けられるかもしれない。

しかし……それはこれまでのような、監視カメラの映像を盗み見するような話ではない。ほぼ確実に、碧への関与で僕の存在が露呈する。

僕は迷う。

……迷う？　迷うなんて酷《ひど》く滑稽だ。迷う必要なんて初めからない。

僕の敬愛する友人、碧ならこういう時どう行動するか。

そんなことは考えるまでもないだろう。

だから僕も、そうしようと思う。

……碧、頼むからここは逃げて生き残ってくれ……。

祈るような気持ちで僕は機器を操作して廃工場の全ての出入口、シャッター、窓、換気扇を稼働させる。

廃工場にいる碧が動く気配はない。もしかしたら気絶しているのかも。何とかして起こさなければ……と思い、僕は廃工場に設置されている電波妨害機も停止。そしてディスコードで碧にボイスチャットの申請を送った。碧のスマホを鳴らす。

モニターの向こうで、廃工場の変化に若紫も気づいたらしい。

ここで初めて、若紫の顔から余裕が消えた。

◆

一瞬スマホが鳴った気がして、俺は意識を取り戻す。

……いや何が起きたんだ、これは。

すぐに俺は状況を確認する。

体調は依然として最悪だが、身体《からだ》は動きそうだった。

布団の中から外の様子を窺《うかが》うと、廃工場のシャッターや出入口などが大きな駆動音を立てて開いていく。

……今なら外に出られそうだ。

とにかく一度撤退するのが賢明だ。後の事は安全を確保してから考える。

足が出入口に向くが、そこで俺は心音《ここね》を思い出して立ち止まる。

離れた位置で気絶している心音。頭の装飾品は依然として発光している。

ここで心音を置いていったら、心音は何も変わらない。また元通りデスゲーム運営に戻る事になるだろう。

……クソ！　置いて逃げる訳にはいかないじゃねーかよ！

俺は踵《きびす》を返した。

そして布団を被《かぶ》ったまま匍匐《ほふく》前進するように心音に近づいていく。

◆

その碧《あお》の行動を察して、僕は頭を抱える。

あーあーあー。だから碧さ！　どうして逃げないんだよ！　常識的に考えて、ここは逃げるところだろ！

僕はモニターの向こうで、碧の行動を見て内心で叫んだ。

お人好《ひとよ》しすぎて、苛立《いらだ》ちすら覚える。

◆

ちょ、もうマジ無理……。

内心で弱音を吐きながら、前進していく。

心音に近づくにつれて、内臓の痛みが悪化していく。顔に熱いものを感じて手で拭うと、鼻血が出ていた。

明らかに心音の頭の装飾品が原因だ。俺の直感もそれで正しいと告げている。

手元にはトカレフがあり、鉛弾を撃ち込んで破壊するしか止める方法がない。

何とか心音《ここね》に近づく事に成功した俺。

しかし布団の中から出られそうになかった。頭を出した瞬間、気絶しそうだ。

俺はかろうじて布団から拳銃を握る手だけを出して、心音の頭の装飾品に銃口を向けようとする。

ここで致命的なことに気づく。

布団から顔が出せず視界はゼロで前が見えない。つまり拳銃の照準を定めることができない。下手に撃てば心音に当たってしまう。

詰みじゃねーか⁉　クソ！　どうすればいいんだこれ。

その時だ。

俺のスマホが鳴る。ボイスチャットの申請だった。誰だこんな時に！　ボイスチャットを受けると酷《ひど》く懐かしい、親の声よりも聞き慣れた声がインカムから聞こえてきた。

『――あのさ碧《あお》さ、何やってるのさ。せっかく僕が出口を確保したんだから早く逃げてよ』

それはセブンだった。

俺は苦しげに応じる。

「……よおセブン、久しぶりじゃねえか。元気だったか？　お前も知っての通り俺は人を助けていく主義なんだ……」

『いや知ってる。それは何度も聞いたから』

「……ところでお前今さ、出口を確保したって言ったか？　俺の状況って見えてんの？」

『ああ、見えてるよ。というか最初からずっと見ていたよ』

「……だったら話は早い。心音の頭で光ってるやつに鉛弾を撃ち込みたいんだが、狙いが定められないんだ。撃つ場所を指示してくれ」

『碧さ、よく考えてよ。その心音の兵器を拳銃の弾丸で破壊できるかどうかは解《わか》らないだろ。だからひとまず逃げてよ！』

「ああ、それなら大丈夫だぜ。鉛弾をぶち込めば粉砕できると、俺の直感がそう告げている。大丈夫だ、問題ない。それじゃ手を出すからセブン、頼むぞ！」

俺はもう一度、布団から拳銃を持つ手を突き出した。途端、手に痺《しび》れるような激痛が走るも引き金を引けないことはない。やれる。

インカムの向こうで、セブンが溜息《ためいき》を吐《つ》く。

『あぁもう、わかったよ。碧の事だから、どうせその通りなんだろうけどさ。……もっと右かな。そしたら少し下……』

セブンに言われた通り、俺は拳銃を持つ手を動かしていく。

指示を終えたセブンが、不思議そうに言う。

『――ねえ碧。本当に僕の言葉を信じていいの？　もしかしたら僕は姫野《ひめの》心音を殺そう

としていて、今、拳銃の銃口は姫野心音《ひめのここね》の頭に向いているかもしれない。僕は碧《あお》を騙《だま》して
このデスゲームに巻き込んだんだよ？　もっと僕を疑ったほうがいいんじゃないの？』

このセブンの戯《ざ》れ言《ごと》も久々だった。

俺はニヒルに言い返す。

「……俺は騙されたとは思ってねーし。お前の言う通り、賞金付きの脱出ゲームだったよ。

まあ人類史上最悪のクソゲーだったけどな！　あとさ、友人を疑うのは騙されるよりも恥
ずかしい事だと思うんだよ。だから俺はお前を一切疑ったりはしない」

セブンが恥ずかしそうな笑い声をあげる。

『君ってやつは本当、天才なのに底抜けの馬鹿だよね』

「天才で底抜けの馬鹿な友人はお嫌いか？」

『いいや、大好きだ。碧――――撃て！』

引き金を引く。

布団の外の世界で、何かが砕け散る。

波が引くように俺の痛みが引いていく。

布団を振り払う。気がつくと朝が訪れていたらしく、廃工場の至るところから朝日が差
し込んでいた。

心音の頭についていた兎耳《うさみみ》の形状をした装飾品は弾丸に貫かれ、ガラス細工のように

粉々となり朝日を反射している。

◆

最後のデスゲームの幕が下りる。

さすがの若紫《わかし》も、これで手詰まりのようだ。

もはやこれは奇跡としか言いようがない。鳳凰寺《ほうおうじ》若紫が容赦なく軍事兵器まで投入したにもかかわらず、たった一人の少年が勝利してしまった。ジャイアントキリングと言うにも程がある。

……そんな馬鹿な、信じられない……という表情で、若紫もエースも硬直していた。

しかし賭けは賭けで負けは負けであり、ルールは絶対だった。

敗者は代償を支払わなければならない。

ギロチンが稼働する。

それは設定されていた通り、若紫の右肩を切断する。

若紫の右腕が吹き飛び遅れて鮮血が迸《ほとばし》った。小さい白い腕が、赤い絨毯《じゆうたん》の上に落ちて跳ねる。

若紫の小柄な身体《からだ》も撥《は》ね飛ばされ、床に転がった。

……この部屋には若紫《わかし》以外に、エース、レディ、メイド、由岐《ゆき》、幹部黒服の三人もいるが全員が無言。誰も何も言えない。

メイドが迅速な動きで若紫を救護、応急処置をしていく。しばらくして、床に平伏《ひれふ》した若紫に向けてエースが口を開く。

「若紫、片腕のない君も中々可愛《かわい》いじゃないか」

若紫が皮肉げに応じる。

「……あらエース。貴方《あなた》、こういうのが趣味なのかしら? 本当、最低な趣味ね……」

「人間というのは概《おおむ》ね不完全な方が魅力的だからね。しかし正直、僕は今とても驚いているよ。若紫、君が勝負に負けたのを初めて見た」

「……こう見えても私も負ける事はあるわよ。……ああ思い出した、昭和の時代にも探偵に負けたことがあったわ。嫌な記憶ね……」

「その話にとても興味があるね。詳しく聞いても?」

「……また今度ね。私の気分がいい時にして頂戴」

「残念だけどそうするよ。今の若紫はとても具合が悪そうだからね、お大事に。……僕は少し失礼するよ。勝者の少年探偵に会ってくる」

モニターの向こうでは碧《あお》が気絶した心音《ここね》を背負い、出口に向かって歩きだしていた。

エースが部屋から去り、幹部黒服達《たち》も後始末のため出て行く。

応急処置で止血されたものの、片腕となった若紫は呻《うめ》く。

「あぁ、これは困ったわね……。これでは可愛いドレスが着られないじゃないの。本当に忌々しい少年探偵ね……」

そんな若紫に恐る恐るといった様子で、由岐が話し掛ける。

「……あの。若紫様、本当にごめんなさい。お姉ちゃんが負けたせいでこんな事になってしまって……」

申し訳なさそうに謝罪する由岐。しばらく若紫は由岐を見詰めていたが、やがて微笑《ほほえ》む。

「あら由岐。そうよ、貴女《あなた》の姉のせいで私はこんな姿になってしまったわ。姉の不始末の責任は、妹の貴女がとってもらえるかしら？」

「……えっと、責任というのはどうすれば……」

若紫は由岐の右腕を見て、可愛く言った。

「うーん、ニコイチになっちゃうけど。いっか」

「……あの、ニコイチって何ですか……？」

怯《おび》えるような顔で疑問の声をあげる由岐。

その疑問に若紫は何も答えなかった。

◆

【デスゲーム終了！　貴方《あなた》の勝利です！　コングラッチュレーション！】

デスタブの画面には、そんな文字が表示されていた。

……やっぱり何かイラッとするなこれ。

あの後すぐセブンはオフラインとなった。再び連絡が取れなくなる。

……全くセブンのやつもなんなんだよ……。

とりあえずセブンの無事が解《わか》り、俺は少し安心していた。まぁいいや。ゲームはこれで終わりだ。とりあえず今日はもう帰って寝る。しんどい。

金も十分稼いだ。若紫《わかし》やあのデスゲームの観客達《たち》をどう潰すか考えながら、しばらく快適な引き籠もり生活を送りたい。

俺は意識のない心音《ここね》を背負って、出口に向かう。

ちょっと重い。心音を投げ捨てたい衝動に駆られた。なんか少し前にも似たような事あったな……と俺が考えていると、背中の心音が目を醒《さ》ましたらしい。

心音が涙声で言う。

「……あの碧《あお》……もういっそのこと、一思いに殺してもらえませんか……？」

俺は吹き出す。

「はあ？　なんでだよ。こんな苦労してわざわざ助けたのに、それで殺すとかただの徒労じゃねーかよ」

「……今回ので自分がどれだけ無能で価値のない人間かを理解しました。惨めすぎてもう生きていけません……」

「いやそこは深く考えなくていいと思うぞ。俺が天才すぎる名探偵なだけだから」

「……才能格差の理不尽さが酷《ひど》すぎて、私は世界に絶望しています。死んで才能のある人間に生まれ変わるまでリセマラしようと思います……」

「何言ってんの」

この暴力ウサギ、拳銃がなくなったら唐突にダウナーに戻りやがったな。面倒くさい……。

俺は心音に言いたいことがあったのを思い出す。

「そういえばさ。さっきは俺が悪かったよ。すまん」

背中の心音は困惑するように無言。ややあって心音は困った声を出す。

「え、えーと……何の話でしょうか……」

「銃撃戦が始まる前に、俺が心音に才能がないとか平凡とか言ったろ。あの発言は撤回するよ。お前、才能あるよ」

「……私を褒めておだてても、何も出ませんよ？」

「おだててねえよ。客観的な事実を言うが、俺の顔面を殴れた奴《やつ》はお前が三人目だ。つまり俺の対人戦では上位三位に入ってる。褒めてやるぜ」

「碧《あお》、何か私を騙《だま》そうとしていませんか？　お金ならありませんよ？」

面倒くさくなり俺は会話を打ち切る。

背負うのはもういいだろうと思い、俺は心音《ここね》を地面に下ろす。

心音が独り言のように言う。

「……碧って、人に謝れる人間だったんですね。絶対に謝れない、非を認めないタイプかと思ってましたけど……」

完全にその通りすぎて俺は何も言えない。

心音が続ける。

「……あの碧、申し訳ないんですが。私、助けてもらったところで帰る場所がないんですよ。どの道、普通の生活はしていけないんですけど……。それでもと言うなら私を助けた責任とってください」

「いや図々《ずうずう》しすぎるだろ！　助けてもらっておいて、その上で助けた責任をとれってなんなんだよ……。さすがに理不尽すぎねえか」

「碧、知らないんですか？　世界はとても理不尽なんですよ」

「あーわかったよ面倒くさ。しばらくうちの探偵事務所にいればいいんじゃね。どうせ部屋も空きがあるし、座敷童子《ざしきわらし》みたいな厄介な妹が一人だけいるが、そいつと仲良くしてやってくれ」

もう反論する気力もなく、俺は出口に向かう。

とにかく俺はもう家に帰る。おうちに帰りたい。とても疲れた。

スマホの電波は入っており、廃工場を出たらタクシーでも何でも呼べば問題なく帰れそうだった。

廃工場の出口付近。そこには俺をここまで連れてきた煙草《たばこ》の黒服と、エースの姿があった。

エースが俺に向けて拍手する。

「おめでとう！　とても素晴らしい戦いだったよ！　まさかまさかの展開で僕も驚いている！　君のせいであの鳳凰寺若紫《ほうおうじわかし》の右腕が吹き飛んだよ！　たぶん今世紀で一番レアな光景だぞ！　どうだい？　見ていかないかい？」

「……このクソ野郎。何の興味もないから、その話はそっちで勝手にやってくれ」

「それは残念だ。ストレートに話をするけど、弊社で働かないかい？　うちの会社にいる産業スパイを見つけ出してほしいんだ。給料は君の言い値で、いくらでも出すよ」

俺はエースを半眼で睨《にら》む。

「……なんで俺が労働なんてしなきゃいけないんだよ。こっちは不登校の引き籠もりなんだよ。社会に出たら干からびて死んじまう。……あともう俺はお前らの顔を見たくない。とにかく、今日はもう疲れたから帰る。……ああ、後お前ら。約束は忘れてないよな。絶対守れよ」

問いに返答したのは煙草《たばこ》の黒服だった。

「もちろん、約束は履行する。マーダーノットミステリーは即時中止して参加者は解放する」

「覚えてればいい。それと、こいつは連れてくからな」

俺は心音《ここね》の腕を引いて、ここから去ろうとする。

すれ違いざまに、煙草の黒服が言う。

「近くの交通機関まで送るぞ。車を出すから少し待ってくれ」

「いや自力で帰るからいい。お前らの車に乗ったら、また何かデスゲームやらされそうで怖いしな。じゃあな。あばよ」

後ろ手を振り、俺はこの場を後にした。

そしてようやく俺はデスゲームから脱出する。

8章『この倫理なき世界の後日談』

一週間後。無事にデスゲームから帰還した俺は、元気に自宅で引き籠もっていた。

デスタブの銀行アプリには賞金もちゃんと振り込まれており、余るほどの現金を得た俺は金に困らない快適な不登校の引き籠もりライフを満喫……できると思っていたのだが、そう現実は上手《うま》くいかないらしい。


起床すると時刻は昼過ぎだった。

そろそろ昼飯の時間だな……と思い俺がリビングに転がってツイッターをやっていると、玄関の開く音がした。足音と共に心音が顔を出す。

「あ、碧《あお》おはようございますー。買い物に出てました」

心音は大人が着るような普通のスーツ姿であり、手にスーパーの袋を持っていた。

俺は疑問を口にする。

「……お前、スーツ着て買い物に行ったの？」

「はい。まぁスーツの方が楽ですし。それにスーツ着てると平日の日中に外を歩いても、警察に職質されませんし……」

なるほど。スーツだとそういうメリットもあるのかと俺は内心で納得する。

心音《ここね》が続ける。

「あ、材料を買ってきたのでなんか作りますね」

「…………」

「どうしたんですか？　急に黙り込んで」

「いや。料理ができるとか心音、めっちゃ才能あるんだな……と思って」

「簡単な料理ぐらいなら、別に誰でもできるのでは……」

「うちの家族は誰も料理はできないし、しないぞ。杏《あんず》なんか昔、味噌汁《みそしる》を作ったらニトログリセリンができてダイナマイトを生成してた」

「なぜ味噌から爆発物が生まれるんです……？」

「天才名探偵の俺にもわからない。まぁ味噌は万能だからな……」

「まぁ確かに味噌は万能ですけど……」

そんな訳の解《わか》らない会話をしながら、キッチンに引っ込む心音。

心音を連れてきて一週間となる。

家においてもらって何もしないのは悪いので……と心音は積極的に掃除や炊事をやってくれていた。

めっちゃ助かる。物凄《ものすご》くありがたい……のだが。なんていうか、心音に家事をやらせて自分が寝ているのは、すげ————————罪悪感があった。いたたまれない。このままではいけない、という謎の焦燥感がある。

しかし身体《からだ》は動かない。寝ながらツイッターをやることしかできなかった。

動け、何故《なぜ》動かん……！　と思うが、やっぱり俺は引き籠もりなので寝たままだ。

家事をやる心音を見ていると謎の敗北を感じる。

胸の奥が辛《つら》い。

そしてどうやら、そんな気持ちに苛《さいな》まれているのは俺だけではないらしい。

リビングの扉が開き、杏が顔を出した。

杏を見るなり、心音が言う。

「あ、杏ちゃん、おはようございます！　今お昼作っているので少し待ってもらえると……」

そんな明るい調子の心音に、杏は世界を憎むような声色で応じる。

「……この泥棒ウサギ。うざ……」

リビングに入ることなく扉が閉まる。杏は去って行った。

泥棒ウサギとは考えるまでもなく心音の事だ。

とても空気が悪い。

しばらくして心音は涙目になる。

「……私、何でこんなに嫌われているんでしょうか？」

「さぁ、わからん……」

何かあった訳ではない。

どういう訳か杏《あんず》は、心音《ここね》のことを蛇蝎《だかつ》の如《ごと》く嫌っていた。杏にはデスゲームで得た多額の現金を渡しているが、機嫌は全く直らない様子だ。

杏は杏で心音に思うところがあるのかもしれない。

俺はしみじみ思う。

……人間関係は、お金じゃ解決できないんだなぁ……。

杏には引き続き鳳凰寺若紫《ほうおうじわかし》を始めとするあのデスゲームの件を調べてもらっていたが、あまり情報が出てこないようだった。

結局、最後の最後まであの鳳凰寺若紫という少女は何なのか謎のままだった。

情報を掴《つか》んでSNSに投稿、炎上させてやろうと思っていたのだが、こちらも上手《うま》くいかない。

あれ以来、デスゲームは一切の音沙汰がなく、俺は不穏ながらも日常に回帰していた。

デスタブも今は、リビングの隅で埃《ほこり》を被《かぶ》っている。

少なくとも俺は都内で数回、他プレイヤーを返り討ちにしており何かニュースにでもなっているかな……と思ってニュースを漁《あさ》るが、そういった情報は何も出ていない。

完全に揉《も》み消《け》されている感じだ。

先日のデスゲームは夢だったかのように、社会は何も変わらない。

……そういえば、俺が捕まえてホテルの風呂場に放り込んでいた他のプレイヤー達《たち》はそのままにしてしまっていたが、まぁデスゲームのプレイヤーは全員無事に解放というのが条件となっている。無事に解放されていると思うので、安全に帰れていればいいなと思う。

……ただ、あのカッター男だけはまた捕まえないと駄目かもしれない。放っておくとまた事件を起こしそうだ。あぁ面倒くせえ。

俺がそんな事を考えていた、その時だった。

勢いよくリビングの扉が開き、再び杏が現れた。

そして手にしているタブレット端末を俺に見せつけてくる。

「兄！　鳳凰寺若紫の情報、アメリカでようやく一件見つけた！　……あの泥棒ウサギはやっぱり危険。早く追いだした方がいい！」

意味が解《わか》らず俺は杏を宥《なだ》める。

「いや待って。とりあえずお前の好きなエナジードリンクでも飲んで落ち着いてくれ。何がどうしてそうなった？　なんで心音が危険なんだよ」

「鳳凰寺若紫って人間。日本国内じゃどこをハッキングしても全く情報が出てこなかったんだけど……。アメリカのＣＩＡの昔の機密文書に名前があった」

「マ？」

杏《あんず》からタブレット端末を渡され、俺は画面をスクロールしていく。確かにそこには鳳凰《ほうおう》寺若紫《じわかし》の名前があった。

とても古い英文の書類。日付は一九五〇年、昭和二十五年に作成されたもののようだ。GHQなどのアルファベットが並んでいる。要注意人物、監視対象と書かれたその資料には名前と共に昭和二十五年の若紫の写真もついている。

その白黒の写真を見て俺は絶句する。

嘘《うそ》だろオイ。

思わず、俺はキッチンの方を見る。するとキッチンには写真の若紫がいた。

……要するに写真の若紫は、心音《ここね》とそっくりだった。

俺が固まっていると、心音がやってくる。

「どうしたんです？　何かあったんですか？」

俺は言葉を絞り出して訊《き》く。

「……なあ。この写真はどういう話だと思う？」

昭和二十五年と日付の入った、若紫の白黒の写真。

そこに映っている少女は車椅子に座っているものの、どこからどう見ても俺の目前にいる心音と同じ風貌だった。

1950

[redacted]

Top Secret

[redacted] Person to be monitored [redacted] Hououji [redacted] Wakashi [redacted] GHQ [redacted] person of inter- [redacted] est [redacted]

写真を見て、心音《ここね》も言葉を失っている。

何も知らない様子だ。

杏《あんず》が心音を指差す。

「兄、たぶんこの泥棒ウサギは、鳳凰寺《ほうおうじ》若紫《わかし》のクローン人間か何か！　とても危険！」

「ちょちょ、ちょっと待って下さい！　それは違います。私は生まれも育ちも首都圏で、一応は普通に生まれてきた人間なんですけど」

心音は疑惑を全力で否定する。

……まあ杏の疑惑は恐らく、見当違いだ。

そもそも杏の情報収集で心音は普通に生まれて学校に通っていた人間という情報は得ている。

若紫は心音を溺愛していたようだが、心音が昔の自分とそっくりだから……という理由で一応は説明がつく。

……。

……本当に？

若紫は昔の自分とそっくりだったから、心音を可愛《かわい》がっていた。

本当にそれだけ……？

俺の直感が、それを否定していた。そして、とても最悪な想像が脳裏に浮かぶ。

杏も同じ結論に至ったらしい。杏が言う。

「なら鳳凰寺若紫って、脳移植で泥棒ウサギの身体《からだ》をもらおうとしてたんじゃないの？　源氏《げんじ》ホールディングスって会社で調べると、金持ちの資産家向けに違法の臓器売買とか生体移植みたいな事もしてるし。あとこの機密文書の鳳凰寺若紫の年齢と、私が調べた生年月日は一致するから。……鳳凰寺若紫は八十九歳のお婆《ばあ》ちゃんで脳移植で身体を乗り換えているから、あんな私と同じぐらいの年齢の身体だったんじゃないの？」

その杏の言葉は、ほぼ俺の想像と同じであった。

俺は最後の銃撃戦の前に、煙草《たばこ》の黒服の発言を思い出していた。

確かにあの時、黒服は言っていた。

生体移植で若返ることは可能だと。

「いや、そんな。若紫様がそんな事を考えるはずが……」

心音は反論の声をあげるも、否定しきれないようで言葉が尻すぼみとなっていく。

それがかなり当たりに近い気がする……。

しかも若紫自身が上野《うえの》のパンケーキ屋で、自分の頭は大人だと言っていた。それら全てに合点が行く。

……なんだろう。脳移植で子どもの身体をもらうという発想自体、ヤバすぎる。普通にドン引きだわ。

いや待ってくれ。

若紫《わかし》がもし、自分の若い頃と風貌がそっくりの心音《ここね》の身体《からだ》をもらうつもりなら、これで終わるとは到底思えない。絶対に心音を取り戻しに来る。そんな確信があった。

と、その時だ。リビングから軽快なアラーム音が鳴った。

音の発生源は……デスタブだ。

もはや嫌な予感しかしない。

とはいえ無視もできず、俺はデスタブを拾い上げた。

画面には【ビデオチャットに切り替えます】と表示が出ており、その後自動的に動いてビデオチャットが始まる。

まず画面に映ったのは綺麗《きれい》なドレス姿の少女、若紫だった。

違和感がある。

……そういえば若紫は腕を切り落とされたって話だった気がする。

そう疑問に思うが、映像の若紫には両腕があり健在だ。

若紫が口を開く。

『――マーダーノットミステリーで生存しているプレイヤーの皆様、ごきげんよう。私はこのゲームの主宰者、鳳凰寺《ほうおうじ》若紫です。ゲームのルール通り、敗北したプレイヤーはつい先ほど全て殺処分したわ。なのでこの映像を見ている皆様は、クリアしたプレイヤーという話になるわね。まずはお祝いの言葉を述べたいと思うわ。本当におめでとう』

……？

は？？？？？

なんか今の言葉だと、デスゲームが続いていたように聞こえるんだが？　話と違くね？

俺は腸《はらわた》が煮え繰り返る。

ビデオチャットの画面には、マイクのようなアイコンも表示されていた。俺は躊躇《ため》らわずそのアイコンを押して、デスタブに向かって言う。

「おい若紫！　今の発言どういうことだ？　話と違うじゃねーか！　俺が勝ったらデスゲームは即時中止にする約束だったろ！」

俺の言葉は若紫に届いたらしい。ビデオチャットの向こうにいる若紫が反応する。

『あら先日の少年探偵ね。ごきげんいかがかしら。貴方《あなた》との約束はちゃんと全て履行したわよ。中断していたマーダーノットミステリーは中止となったわ。中止して、その後ですぐに貴方を抜いた同じメンバーで二回目のマーダーノットミステリーを始めただけよ。つい先ほど終わったわ』

「汚ねえ！　それただの屁理屈《へりくつ》だろッ！」

『そう言われてしまうと困ってしまうのだけれども……。まぁ社会というのは、そういうものよ。覚えておいた方がいいわね』

「後お前、なんか心音《ここね》が負けたら腕を切り落とすって言ってなかったか？　それはどうしたんだよ!?」

『ああ、勿論《もちろん》そっちも履行したわよ。納得できないのなら映像も見る？』

デスタブの画面に別のウインドウが表示され、動画が流れた。

その動画には若紫《わかし》とエースが映っている。ギロチン台の下に座る若紫。そしてギロチンの刃が落ち、しっかりと右腕が切断される様子が確認できる。

俺は叫ぶ。

「はあ？　こんなのAIで作った捏造《ねつぞう》の映像か何かだろ！　この映像が本物なら、どうして今のお前には右腕があるんだよッ！　おかしいだろ!?」

『それはね。とてもありがたい話で、私に右腕を提供してくれるって子がいてね。だから生体移植で右腕をもらったのよ』

「誰からだよッ!?　そんな簡単に他人に腕を提供するやつなんていないだろ!?」

『――――あら。誰か知りたいの？　勿論いいわよ』

若紫は満面の笑みを浮かべると、視線を逸《そ》らして手招きした。

動画の中に、別の少女が現れる。

それは白い制服のような服装の心音に似た少女だった。心音よりも幼い。

……恐らくデスゲーム司会をやっていた、心音の妹の姫野由岐《ひめのゆき》だろう。

そしてその姫野由岐には、右肩から先がなかった。

由岐の顔に生気はない。死人の様な顔だった。

途端、後ろから覗《のぞ》き込《こ》んでいた心音が、声にならない悲鳴をあげる。

心音の悲痛な叫びが届いたらしく、若紫が微笑《ほほえ》む。

『あら、そこに心音もいるのね。残念だけど、姉が負けた責任は妹にとってもらいました。可哀想《かわいそう》だけど仕方ないわね。心音は元気かしら？　私はとても心配してるわ。こっちに戻ってきたくなったら、いつでも戻ってきて頂戴ね』

変わらず若紫は可愛《かわい》らしく微笑んでいるが、俺にはもう悪魔にしか見えない。

……これは惨《むご》すぎる。

俺が言葉を失っていると、若紫は話を続行した。

『話が脱線したわね。大変失礼しました。……これはデスゲーム終了の連絡です。生存しているクリアした皆様には、約束通り賞金がでるわ。このタブレットの銀行アプリに振り込まれるから、後はご自由に。それで話は変わるんだけど、今回のゲームは非常に才能のあるプレイヤーが多く、とても好評で終了しました。そこで今回生存しているプレイヤーの皆様には次のデスゲームの参加権も与えます。もちろん参加は自由よ。詳細はまた追って連絡するわね。それでは私の話は以上よ――』

そして若紫は最後に付け加えるように言う。

『——才能があり強《したた》かな皆様とまたお会いできるのを、私はとても楽しみにしています。それでは皆様、また次のゲームで。それまでは平穏な日常をお過ごし下さいね。うふ、うふふふふ——』

そんな笑い声をあげながら、ビデオチャットは終わる。

さすがの杏《あんず》も無言。

壊れた人形のように泣き叫ぶ心音《ここね》。俺にはかける言葉すら思いつかない。

……あぁ、もうマジで駄目だと思う。

この世界に、ここまで邪悪な人間がいるなんて俺は知らなかった。

想像を遥《はる》かに超えた悪性の悪質、絶対悪である。

あれは、どうにかして叩《たた》き潰《つぶ》さないといけない人間だ。

思わず、感情に任せて俺はデスタブを壁に叩きつけた。

そして叫ぶ。

「あの鳳凰寺《ほうおうじ》若紫《わかし》とかいうクソ野郎、絶対に許さねえからな！　俺が叩き潰してやるッッッ！！！」

エピローグ…？

……うん。まぁここまでか。

僕、セブンは管理者権限が剥奪《はくだつ》され、終わりを悟る。

システムのアクセスログ、操作ログ等《など》を消して隠蔽工作をして粘ったものの、やはり逃げ切るのは無理だった。そもそも、あの廃工場の出入口を操作できる人間はかなり限られている。解《わか》っていた結末だ。

僕は使っていたパソコンや情報機器のフォーマットを始めた。復元できないようにデータを全て抹消していく。

碧《あお》とのやりとりが全て消えてしまうのは惜しいが……あいつらに見られるぐらいなら消した方がマシだ。

後悔がないと言えば嘘《うそ》になる。でも僕はこれで良かったとも思う。

……僕としては、最後にあの碧が他人に謝る姿を見られて良かった。あの碧が他人に謝るなんてビックリだ。思い出すだけで顔がにやつく。

碧が成長する姿を最後に見られただけでも、儲《もう》けものだったと思う。

そして僕が全てのデータの抹消を終えた直後だ。

この狭い部屋の扉が、乱暴に開け放たれる。現れたのは坊主頭の黒服。デスゲーム運営、幹部黒服の一人である。

坊主頭の黒服は重々しく口を開く。

「……七番。あの少年探偵をマーダーノットミステリーに招き入れたのは、お前だな？」

僕は返答に迷う。

まあ白を切っても結果は変わらないか。

僕は肩をすくめた。

「そうだよ。あいつ面白そうだと思って。何か問題でも？」

「部屋から出ろ。若紫《わかし》様がお呼びだ」

僕は観念して立ち上がった。

できれば楽で綺麗《きれい》な死に方をしたいと思う。

それぐらい希望を言えば通るだろうかとも思うが、若紫の性格を考えると無理だろう。

坊主頭の黒服が僕を凝視して立ち尽くしており、僕は訊《き》く。

「なんだよ。僕の顔に何かついてるのか？」

「……いや……見れば見るほどお前、心音《ここね》様にそっくりだな」

僕は皮肉げに笑う。

「よく言われるよ。けど姫野《ひめの》心音とは血の繋《つな》がりは何もない。奇蹟《きせき》みたいな他人の空似ってやつだが。似すぎていて気持ち悪いだろ?」

この僕の自虐に、坊主頭の黒服は何も言わなかった。

なんだよ。つまんないな。

僕は思う。もし今の質問を碧《あお》に投げたら何て答えるだろう。

……たぶん。そんなことねーよ、双子の入れ替えトリックとかできるじゃねーか! なんて言うに違いない。碧はそういう奴《やつ》だ。

僕は坊主頭の黒服に連行され、部屋を出る。

部屋の外は変わらず、様々な機器が並んでおり白衣を着た研究者が右往左往していた。

壁は全てガラス張りで、そこに僕の姿が映る。

その姿は坊主頭の黒服が言ったとおり、姫野心音《ひめのここね》だ。

顔も髪の色も、全く同じだった。

自分の姿を見て、僕は思う。

――――こんな汚い世界、もう終わりにしてくれ。

きれいは穢《きたな》い。穢いはきれい。
さあ、飛んで行こう、霧のなか、汚れた空をかいくぐり。

シェイクスピア『マクベス』より引用
訳者 福田恆存《ふくだつねあり》
（1969 新潮社）

あとがき

こんにちは～。枢木縁《くるるぎゆかり》ですっ☆

あとがきも面白く書きたいと思い、テンション高めにお届けしております！（笑）

無事に一巻が完結しまして。楽しんで頂けたでしょうか？

私自身もとても自由に書きまして、面白い作品になったと思っています。

後書きから読んでいて本編はまだという方がいましたら、是非よろしくお願いします！

本作は最初から最後までキャラがよく動いてくれた作品で、伝えたいことも書けて、自分でもかなり満足しています。

私は中学、高校の頃は小説を乱読していたタイプの人間で、ライトノベル、ミステリーが大好きです！　特にラノベには凄《すご》く思い入れがありまして、今回ライトノベルを刊行するという夢が叶《かな》いまして感無量の思いです！

私は、これまで読んできた沢山の小説に影響を受けています。

本作『横溝碧《よこみぞあお》の倫理なき遊戯の壊し方』も、皆様の記憶に残るような作品になっていれば、とても嬉《うれ》しいです！

本作の主人公、横溝碧はツイッター（X）廃人という設定ですが、作者の私もかなりツイ廃です。感想ツイートをして頂けると泣いて喜びますので、ぜひお願いします☆

この作品の刊行には、多くの皆様のお力添えを頂きました。

企画プロットからご指導を頂きました、担当編集者のS様。本作キャラクターをとても魅力的に可愛《かわい》く描いて頂いた、こゆびたべる先生。この凄く攻めた作品（笑）を刊行して頂いたMF文庫J編集部の皆様、刊行に携わって頂いた皆々様、本当にありがとうございました。

学生時代より創作活動を支えてくれた旧友、小説家の友人達《たち》にも感謝を申し上げます。

そしてここまで読んで頂いた読者の皆様、本当にありがとうございます。

本作も続けて書きたいと思っておりますので。ぜひぜひ引き続き宜しくお願いします！

皆様と、また物語のご縁がありますように。

ではでは。

ファンレター、作品のご感想をお待ちしています

あて先

〒102-0071　東京都千代田区富士見2-13-12
株式会社KADOKAWA　MF文庫J編集部気付
「枢木縁先生」係　「こゆびたべる先生」係

MF文庫J

横溝碧の倫理なき遊戯の壊し方

2024年 9月 25日　初版発行

著者　枢木縁

発行者　山下直久

発行　株式会社 KADOKAWA
〒102-8177 東京都千代田区富士見 2-13-3
0570-002-301（ナビダイヤル）

印刷　株式会社広済堂ネクスト

製本　株式会社広済堂ネクスト

Printed in Japan　ISBN 978-4-04-684007-3 C0193

INFORMATION

探偵はもう、死んでいる。

好評発売中

著者：二語十　　イラスト：うみぼうず

《最優秀賞》受賞作。
これは探偵を失った助手の、終わりのその先の物語。

Ｒｅ：ゼロから始める異世界生活

好評発売中

著者：長月達平　イラスト：大塚真一郎

幾多の絶望を越え、
死の運命から少女を救え！

INFORMATION